Y0-BUD-260

Deseo®

HUIDA HACIA EL PASADO

Barbara McCauley

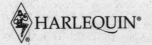

HARLEQUIN®

Editado por HARLEQUIN IBÉRICA, S.A.
Hermosilla, 21
28001 Madrid

© 2003 Barbara Joel. Todos los derechos reservados.
HUÍDA HACIA EL PASADO, Nº 1226 - 2.7.03
Título original: That Blackhawk Bride
Publicada originalmente por Silhouette Books.

Todos los derechos están reservados incluidos los de reproducción,
total o parcial. Esta edición ha sido publicada con permiso de
Harlequin Enterprises II BV.
Todos los personajes de este libro son ficticios. Cualquier parecido
con alguna persona, viva o muerta, es pura coincidencia.
® Harlequin, logotipo Harlequin y Harlequin Deseo son marcas
registradas por Harlequin Books S.A.
® y ™ son marcas registradas por Harlequin Enterprises Limited y
sus filiales, utilizadas con licencia. Las marcas que lleven ® están
registradas en la Oficina Española de Patentes y Marcas y en otros
países.

I.S.B.N.: 84-671-0958-0
Depósito legal: B-24382-2003
Editor responsable: M. T. Villar
Diseño cubierta: María J. Velasco Juez
Composición: M.T., S.L.
Avda. Filipinas, 48. 28003 Madrid
Fotomecánica: PREIMPRESIÓN 2000
c/. Matilde Hernández, 34. 28019 Madrid
Impresión y encuadernación: LITOGRAFÍA ROSÉS, S.A.
c/. Energía, 11. 08850 Gavá (Barcelona)
Fecha impresion para Argentina:30.9.04
Distribuidor exclusivo para España: LOGISTA
Distribuidores para Argentina: interior, BERTRAN, S.A.C. Vélez
Sársfield, 1950. Cap. Fed./ Buenos Aires y Gran Buenos Aires,
VACCARO SÁNCHEZ y Cía, S.A.
Distribuidor para Chile: DISTRIBUIDORA ALFA, S.A.

Capítulo Uno

–¡Clair, por el amor de Dios! ¿Cómo va a poder terminar Evelyn, si no te quedas quieta? –Josephine Dupre–Beauchamp miró su rolex de oro, suspiró, luego frunció el ceño y habló impacientemente a su hija–: Ponte erguida, cariño, y por favor, levanta la barbilla. Faltan solo tres días para la boda, y tiene que salir todo perfecto.

Josephine, morena y deslumbrante, era la perfección hecha persona. Algunos decían que su hija era igual a ella, aunque Clair medía tres centímetros más y sus ojos eran azules, mientras que los de Josephine eran marrones. «Herencia de nuestros antepasados franceses», había dicho siempre Josephine cuando surgía algún comentario acerca del color de los ojos de su hija.

Mientras Josephine caminaba alrededor de su hija, Clair metía para dentro el estómago, soportaba los pinchazos de los alfileres en el busto y la cintura, erguía los hombros y levantaba la barbilla.

No podía respirar, no se podía mover, y le dolía la espalda.

Tres días...

Como si necesitase que alguien le recordase que solo faltaban tres días...

Para ser precisa, faltaban setenta y ocho horas, cuarenta y dos minutos y... Miró el reloj de la pared que había en la exclusiva tienda de vestidos de novia... Treinta y siete segundos.

Clair tragó saliva. El triple espejo reflejaba a tres mujeres idénticas con un vestido de satén y encaje italiano. No se reconoció. No parecía ella.

—Ha adelgazado —comentó la más famosa modista de Carolina del Sur. Puso un alfiler en la sisa y frunció el ceño—. Tenía una talla treinta y ocho perfecta cuando se lo probó hace un mes. ¿Cómo es posible...?

—¡Oh, Dios bendito! —Victoria Hollingsworth entró en la sala de pruebas, agitando un periódico—. ¡Mira esto!

Momentáneamente distraída con la imagen del espejo, Victoria se puso un mechón detrás de la oreja y se alisó su pantalón de seda rústica.

—Vickie —Josephine se cruzó de brazos y alzó una ceja.

Victoria desvió la mirada del espejo, abrió el periódico y lo sacudió debajo de la nariz de Josephine.

—Es el *Charleston Times* de esta mañana —sonrió, contenta—. Es la Sección de Sociedad, la página central.

Victoria no solo había sido la compañera de habitación durante la época de universidad de Josephine, sino que además era la madrina de Clair. Y no solo eso: el día de su boda se transformaría en su suegra.

Clair movió la cabeza para poder ver el periódico, pero solo pudo ver la foto de la última página.

Victoria volvió a agarrar el periódico y leyó en voz alta:

Oliver Hollingsworth y su prometida, Clair Beauchamp, fotografiados durante una gala benéfica por la inauguración de la sala de niños del Hospital St. Evastine, la semana pasada, contraerán matrimonio el próximo sábado en la Catedral Chilton.

Josephine se quitó una hilacha imaginaria de su chaqueta de lino.

–¿Eso es todo?

–Por supuesto que no, tonta –Victoria carraspeó.

La señorita Beauchamp, de veinticinco años, hija del magnate de barcos, Charles Beauchamp III y Josephine Dupre–Beauchamp, residentes desde hace años en Rolling Estates, en Hillgrove, es una graduada cum laude de la universidad de Radcliffe. Oliver, de veintiséis años, hijo de Nevin y Victoria Hollingsworth, también residentes de Rolling Estates, acaba de terminar un Máster en Administración de Empresas en Harvard, después de graduarse en Princeton. Ocupa el puesto de jefe de contabilidad en Hollingsworth y Asociados, empresa de contabilidad en el cercano Blossomville.

Los ojos de Victoria se llenaron de lágrimas.

–Mi pequeño es todo un hombre... Y Clair... Nuestra hermosa Clair...

Victoria y Josephine miraron a Cair y suspiraron.

«¡Basta!», hubiera gritado Clair. Entre su madre y su madrina habían derramado más lágrimas en aquellas semanas que un coro entero de niños.

Cuando Evelyn la pinchó con un alfiler, ella también sintió ganas de llorar.

—¡Qué vergüenza, Vickie! ¡La estás haciendo llorar! —Josephine sorbió por la nariz, tomó el periódico de manos de Victoria y lo dobló—. Puedes leerlo más tarde, Clair. Tenemos que darnos prisa si queremos llegar a nuestro almuerzo de las once y media en Season.

Clair abrió la boca, pero antes de que pudiera hablar, Evelyn la interrumpió:

—No puedo terminar tan rápido —dijo la modista—. Y aún tiene que probarse los zapatos que has encargado. Clair puede reunirse con vosotras allí más tarde; así podremos terminar con esto.

—Supongo que no hay problema —Josephine se acercó a su hija y le dio un beso en la mejilla—. Enviaré a Thomas para que te recoja, cariño. Llámame cuando estés en camino, y así puedo ir pidiendo lo que vayas a comer.

Evelyn acompañó a Josephine y a Victoria hasta la puerta. Mientras tanto, Clair se miró al espejo. Se le llenaron los ojos de lágrimas. Pero esa vez no tenía nada que ver con los alfileres. Miró nuevamente el reloj.

Setenta y ocho horas, veintinueve minutos y doce segundos...

Jacob Carver estaba de muy mal humor. Debía de ser por el calor insoportable que hacía en su coche. O porque la noche anterior había venido conduciendo doce horas directamente desde Nueva Jersey y hacía veinticuatro horas que no veía una cama. O tal vez tuviera algo que ver con el hecho de que llevaba dos horas sentado frente a la tienda de novias, sudando como un condenado, sin ver un solo pelo de la mujer a la que tenía que encontrar.

¿Qué diablos estaría haciendo allí durante tanto tiempo?

En realidad no le importaba, pensó Jacob mientras agarraba otra botella de agua. Había cosas que prefería no saberlas. Le daba alergia cualquier cosa relacionada con bodas, y detestaba las compras de las mujeres. Cuanto menos supiera de esas cosas, mejor.

Bebió media botella de agua y la volvió a meter en la nevera portátil. Lo que importaba era que la madre había salido hacía media hora con otra mujer, y como tenía instrucciones precisas de Lucas Blackhawk de que solo tenía que acercarse a Clair Beauchamp si estaba sola, Jacob se imaginaba que pronto tendría la ocasión de hacerlo. Además, puesto que los Beauchamp no dejaban demasiado libre a su única hija, se figuraba que no tendría otra oportunidad.

Y bien sabía Dios, que si mamá y papá Beauchamp veían a un detective privado de pelo largo hablando con su preciada hija, probablemente llamarían a la policía y lo encerrarían de inmediato. Daría igual que no hubiera infringido ninguna ley. Los ricos tenían sus propias reglas y leyes.

Y él tenía las suyas.

Pero no tenía ninguna intención de ir a la cárcel. Por nadie, ni por ninguna cifra de dinero. Él haría el trabajo por el que le pagaban, y luego se marcharía. Porque él se especializaba en localizar a gente muy difícil de localizar, o a casos muy delicados, y su trabajo lo hacía viajar por todo el país. Solía estar más en la calle que en su apartamento de Nueva Jersey, pero eso no le importaba. A Jacob le gustaba moverse, y rápido.

Tenía un Hemi del 68, que él mismo había arreglado y restaurado, y podía alcanzar la velocidad de cualquier último modelo. Tal vez pudiera ir a Miami un par de semanas cuando terminase el trabajo, buscar un lugar cálido en una playa... Y compartir algún cóctel con alguna rubia, como aquella camarera... ¿Cómo se llamaba?

Recordó que llevaba trabajando mucho tiempo, y se dio cuenta de que eso lo tenía malhumorado.

Pero todo eso iba a cambiar.

Jacob se sentó erguido cuando salió la mujer de la tienda de novias. Llevaba una bolsa de compras en una mano y un bolso pequeño en la otra. La seda del traje de pantalón y chaqueta brilló con el sol. La vio ponerse gafas oscuras y pararse delante de la tienda, frente al tráfico.

¡Maldita sea! Estaba mirando hacia donde estaba él. Era alta para ser mujer, pensó Jacob, probablemente medía más de un metro setenta, muy delgada, piernas largas y una estructura ósea delicada. Tenía el rostro en forma de corazón, con pómulos pronunciados y cejas delicadamente arqueadas.

Y su boca... ¡Dios! Grande y tentadora.

Jacob suspiró, decepcionado. Esa mujer era su trabajo, se recordó. Pero podía mirar, ¿no?

Salió del coche, con cuidado de no encontrarse con los ojos de la chica. Esta parecía estar esperando un coche. Debía darse prisa o se marcharía. Él estaba a mitad de la calle cuando ella se dio la vuelta de repente, caminó en dirección contraria y desapareció doblando la esquina.

¡Maldición!

¿Lo habría visto?, se preguntó Jacob. No lo creía. Además, aunque lo hubiera visto, no podía imaginarse que él iba a su encuentro. Corrió y divisó la calle. Había gente con bolsas de compras y empleados de oficinas, pero ni rastro de ella.

¿Habría entrado en otra tienda?

Estaba a punto de entrar a la tienda más cercana, una joyería, cuando vio un pasaje que desembocaba en una plaza interior. El olor a hamburguesas y pizza recién hecha le llegó por el corredor.

El instinto lo guió; se adentró en el pasaje y llegó hasta la plaza interior. Había gente almorzando sentada frente a mesas de hierro forjado.

De pronto la vio.

Estaba de pie frente a un puesto en una esquina. Un joven de pecas la estaba mirando embelesado mientras ella le pagaba. Cuando ella alzó la mirada, el chico se puso colorado y le dio un perrito caliente lleno de ketchup y mostaza.

Jacob agitó la cabeza, divertido. Luego, se escondió detrás de un helecho cuando ella miró en dirección a él. La observó alejarse unos pasos y darle la espalda.

Era el momento de hacer su aparición.

Jacob se acercó a ella y preguntó:

–¿Clair Beauchamp?

9

Ella se sobresaltó, y sin darse la vuelta, tiró el perrito caliente dentro de una papelera. Confundido, Jacob esperó a que se diera la vuelta.

–¿Sí?

¡Maldición! Ella era parte de su trabajo, pero se le había acelerado el pulso cuando lo había mirado. De lejos le había parecido guapa, pero de cerca era irresistible.

–Señorita Beauchamp, yo... –hizo una pausa, luego miró la papelera y frunció el ceño–. ¿Por qué ha hecho eso?

–¿Hacer qué?

Confuso, él señaló la papelera.

–Tirar un estupendo perrito caliente.

–No sé de qué está hablando –ella alzó la barbilla y se bajó las gafas de sol–. ¿Lo conozco?

Era buena, pensó Jacob. No necesitaba ponerse grosera. Con una pizca de desdén en su acento del sur y un brillo de impaciencia en sus ojos azules lo estaba poniendo en su lugar. ¡Qué diablos! ¿A él que le importaba que hubiera tirado su perrito caliente?

–Mi nombre es Jacob Carver –sacó su credencial–. Me ha contratado un despacho de abogados de Wolf River, Texas, para ponerme en contacto con usted.

Ella se inclinó y miró su credencial. Luego, se subió nuevamente las gafas de sol.

–¿Y para qué?

–¿Podemos sentarnos? –él hizo señas hacia una mesa vacía cerca de ellos.

–Me temo que no, señor Carver. Llego tarde a un almuerzo –metió la mano en su bolso y le dio una tarjeta–. Si llama a este teléfono, la secretaria de mi madre acordará un encuentro. Y ahora, si me disculpa...

–Señorita Beauchamp –le bloqueó el paso–. Mi jefe insiste en que hable con usted, y solo con usted.

–Y yo insisto en que me deje pasar.

–Solo quiero cinco minutos –sonrió–. No tenga miedo. No estoy aquí para hacerle daño.

–No tengo miedo –dijo ella fríamente–. Tengo prisa.

Pero la verdad era que sí tenía miedo, pensó Clair. Porque aunque estaba acostumbrada a que la gente la abordase, generalmente para una donación a una obra de caridad o algo así, no todos los días se le acercaba un hombre por la espalda, la sorprendía totalmente desprevenida, y la acorralaba.

Además, no era cualquier hombre. Era el hombre más fuerte que había visto en su vida. La camiseta azul marino le marcaba el musculoso torso, y los vaqueros desgastados resaltaban sus largas piernas. Tenía el pelo negro, un poco largo, y la barba de un par de días. Los ojos casi tan oscuros como el pelo, la nariz mediana, la boca arrogante...

Clair se puso derecha e intentó empujarlo y pasar.

–Lo siento, pero de verdad no puedo...

Otra vez él le bloqueó el paso.

–¿Ha oído alguna vez el nombre de Jonathan y Norah Blackhawk?

–No, y le agradecería que...

–¿Y qué me dice de Rand y Seth Blackhawk?

Ella vaciló. No había oído aquellos nombres, estaba segura. Sin embargo...

Rand and Seth...

Clair agitó la cabeza.

—No los conozco. ¿Por qué iba a tener que oír hablar de ellos?

—Porque... —Jacob se inclinó hacia ella, acercándose—. Jonathan y Norah Blackhawk son sus verdaderos padres. Y Rand y Seth son sus hermanos.

Ella se quedó mirándolo y se echó a reír.

—¡Eso es lo más ridículo que he oído en mi vida!

Pero él no sonrió. Solo clavó su sombría mirada en ella.

—Johnathan y Norah murieron en un accidente de coche en Wolf River hace veintitrés años. Sus tres niños estaban en el coche también. Pero sobrevivieron y fueron criados por separado. Rand, de nueve años, fue adoptado por Edward y Mary Sloan de San Antonio. Seth, de siete años, fue adoptado por Ben y Susan Granger, de Nuevo México. Elizabeth Marie, de dos años, fue adoptada por Charles y Josephine Beauchamp, de Carolina del Sur, pero estaban viviendo en Francia en aquel momento. Usted y Elizabeth, señorita Beauchamp, son la misma persona.

Clair dejó de sonreír.

—O esta es una broma de mal gusto, señor Carver, o usted es un detective privado muy malo que ha cometido un gran error.

—Esto no es ninguna broma —Jacob agitó la cabeza—. Y yo no cometo errores. Usted nació con el nombre de Elizabeth Marie Blackhawk, y fue adoptada ilegalmente por los Beauchamp cuando ellos estaban viviendo en Francia. Cuando Charles y Josephine volvieron a los Estados Unidos, un año más tarde, con una niña de tres años, nadie les cuestionó que la criatura no fuera su hija.

Clair oyó voces de fondo, risas de gente que su vista había nublado por completo. Estaba confusa.

–Yo... no le creo.

–Venga, siéntese –dijo Jacob amablemente, tocándole el brazo–. Solo un minuto.

Aturdida, Clair se dejó llevar hacia una mesa. Jacob la hizo sentarse.

Clair agitó la cabeza.

–No. Esto es ridículo –se soltó de su mano–. ¡No lo creo!

La gente los miró. Pero a Clair no le importó.

Jacob sacó unos papeles del bolsillo trasero del pantalón y se los dio a ella.

–Sé que necesitará algo de tiempo para pensar en esto, señorita Beauchamp. Estos documentos le explicarán lo que pasó. Léalos, pida a sus padres que le digan la verdad, y llámeme cuando esté preparada para hacerlo.

¡Ni que los documentos de Jacob hubieran sido serpientes! Ella no podía tocarlos. ¡No quería tocarlos!

Con un suspiro, él se los metió en una de las bolsas de compras. El corazón de Clair golpeaba fuertemente en su pecho, y las ganas de llorar se hicieron insoportables.

Tenía que salir de allí...

Clair se dio la vuelta y echó a correr...

–¡Clair, cariño, abre la puerta, por favor! Por favor, cielo...

Clair estaba tumbada en su cama, encerrada en su habitación, sorda a los persistentes golpes de su madre en la puerta. Su madre llevaba quince minutos insistiéndole, rogándole, amenazándola, hasta llorando, pero Clair se negaba a responder.

—Sé que estás ahí, cariño. Háblame. Dime qué ocurre. Tu padre y yo lo arreglaremos.

Clair tenía en la mano los documentos que Jacob Carver le había dado, y estaba mirando el techo. Los documentos eran de un abogado llamado Henry Barnes: una copia de un certificado de nacimiento, un artículo de periódico que describía el accidente de coche, una fotografía, ampliada, de Norah Blackhawk en el hospital, con un bebé recién nacido en brazos, rodeada por un apuesto marido y dos niños pequeños.

Clair llevaba una hora mirando la foto. Norah Blackhawk se parecía mucho a ella, pensó. Tenía el mismo cabello, los mismos pómulos salientes, y los mismos ojos azules.

Y la prueba más evidente de todas: una copia de un contrato entre un abogado llamado Leon Waters, de Granite Springs, y Charles y Josephine Beauchamp, con un vago acuerdo de intercambiar una cantidad de dinero, si cierto «paquete» satisfacía sus requerimientos.

Clair había vuelto directamente a casa después del encuentro con el detective Jacob. No había creído nada de lo que le había dicho él; todavía no lo podía creer.

¿Cómo era posible? ¿Y por qué habrían hecho aquello sus padres?

—¡Oh, Charles! ¡Gracias a Dios que has llegado! –Clair oyó decir a su madre–. Clair iba a venir a almorzar con Victoria y conmigo, pero no apareció, así que llamé a casa y Tiffany me dijo que había llegado hacía una hora, con la mirada perdida... No dijo una palabra a Tiffany ni a Richard. Se fue directamente a su habitación, y ahora no quiere abrir la puerta.

–¡Clair! ¡Soy tu padre! –Charles golpeó la puerta–. ¡Abre la puerta ahora mismo! ¡No tengo tiempo para tonterías!

Clair suspiró. Se sentó. Sabía que no iba a poder con su padre por mucho tiempo. Iba a tener que enfrentarse a sus padres, y sería mejor que fuera ahora.

Se le hizo un nudo en el estómago cuando se levantó y miró nuevamente los papeles.

«Jonathan y Norah Blackhawk son sus verdaderos padres... muertos en un accidente de coche... Rand y Seth...»

Rand y Seth... Esos nombres le sonaban. Significaban algo importante para ella.

Respiró profundamente y tragó saliva. Fuese cual fuese la verdad, fuese lo que fuese lo que había sucedido hacía veintitrés años, tenía que saberlo.

–¡Clair Louise! ¡Abre inmed...!

El puño de su padre quedó en el aire cuando Clair abrió la puerta. Su madre se lanzó hacia ella.

–¡Clair, cariño! –exclamó abrazándola.

–¿Qué ha sucedido? –preguntó su padre.

Clair se apartó de su madre, y con el cuerpo rígido dijo:

–Madre, padre. Entrad y sentaos, por favor –dijo serenamente, para su sorpresa.

–¿Qué te ha dado? –preguntó Charles de malhumor–. Tu madre me ha sacado de una reunión, diciéndome que estabas enferma. Quiero
saber qué ocurre.

–¡Deja de gritarle, Charles! ¿No ves que está
turbada?

–Madre...

–Clair, cariño... –Josephine tomó la cara de su
niña–. Todas las novias están nerviosas antes de
la boda. Es normal. Charles, ve y trae mis sedan-
tes del botiquín...

–¡No! –gritó Clair.

Charles y Josephine se quedaron petrificados.
Clair jamás les había hablado en ese tono.

–Clair me estás asustando –dijo su madre ta-
pándose la boca con la mano–. ¿Qué ocurre?
¿Qué...?

–Wolf River.

–¿Wolf River? –susurró Josephine, y miró a su
marido.

Y en ese momento, en el corto espacio de
tiempo entre un latido y otro del corazón, entre
una inhalación de aire y otra, Clair supo que era
verdad.

Los ojos marrones de Josephine se llenaron
de pánico. Hizo un movimiento hacia su hija,
pero Clair alzó una mano y agitó la cabeza.

–Es cierto –dijo Clair como si acabasen de
apuñalarla–. Soy adoptada.

–¿Dónde has oído semejante cosa? –dijo Charles.

Durante la última hora había estado rogando
que alguien le dijera que era una broma de mal
gusto, o que el detective se hubiera equivocado.

«No cometo errores», había dicho el hombre. Y por la expresión en la cara de sus padres, parecía cierto.

–Un hombre llamado Jacob Carver, un detective privado, contratado por un abogado de Wolf River, se acercó a mí cuando salí de la tienda de Evelyn. Me mostró un artículo de periódico acerca de un accidente de coche y una fotografía de mis padres biológicos y de dos hermanos –Clair alzó los papeles–. También me dio una copia de un documento, un acuerdo entre vosotros y un hombre llamado Leon Waters.

Josephine soltó un grito y se agarró al brazo de su marido para sujetarse.

–Clair...

–Me dijo mi nombre. Mi verdadero nombre es Elizabeth Marie –Clair se acercó a la ventana de su habitación y miró el jardín de la mansión donde había sido criada. Estaba verde y florido con azaleas y mirtos. La casa, una mansión estilo Tudor, con diez habitaciones y un salón inmenso, era la más grande y rica del vecindario.

–Los nombres de mis padres eran Jonathan y Norah Blackhawk. Jonathan era cherokee y Norah, galesa.

–Por favor, ven y siéntate –dijo Charles, tenso–. Tenemos que hablar de esto.

Clair se dio la vuelta bruscamente.

–Me comprasteis. Como si fuera uno de vuestros barcos, coches o casas...

–¡Por amor de Dios, Clair! –Charles agitó la cabeza–. Estás dramatizando. ¡No fue así en absoluto!

–Entonces, ¿por qué no me dices cómo fue?

–Charles, por favor, déjame a mí –intervino su madre, apretando el brazo de su marido. Volvió la vista a su hija y dijo–: Poco después de que tu padre y yo nos casáramos, su socio de París le ofreció venderle su parte. Aunque suponía mudarnos a Francia durante unos pocos años y estar lejos de los Estados Unidos, los dos pensamos que era una oportunidad que no debíamos dejar pasar. En aquellos momentos tu padre estaba muy ocupado, y yo estaba sola la mayor parte del tiempo. Dos años más tarde, cuando supimos que yo estaba embarazada, nos pusimos muy contentos.

Josephine se acercó a la cama de Clair, se sentó en el borde y continuó:

–Tuve un aborto a los cinco meses. Hubo complicaciones. Yo... Tuve que hacerme una histerectomía cuando apenas tenía veintiocho años –Josephine cerró los ojos–. Pensé que mi vida se había acabado.

En medio de la nube de confusión y rabia, Clair sintió pena por su madre. Se acercó a la cama y se sentó a su lado. Josephine tenía lágrimas en los ojos cuando los abrió.

–Cuando tu padre te trajo a casa... –Josephine extendió la mano y puso un mechón de pelo de Clair detrás de su oreja–, yo no le pregunté cómo te había encontrado. No me importó. Lo único que sabía era que tú eras la criatura más hermosa que jamás había visto. La más perfecta del mundo, y me pertenecías. Tenías tres años cuando volvimos a los Estados Unidos, y como hacía cuatro años que no estábamos aquí, no hubo preguntas.

—El señor Carver dijo que las adopciones fueron ilegales —Clair miró a su padre—. Que un abogado llamado Leon Waters me vendió.

—Ese hombre vil... —dijo Josephine con un estremecimiento—. Jamás hubiera sabido su nombre de no ser porque llamó por teléfono seis meses más tarde. Amenazó con llevarte si no le dábamos más dinero. Le dimos lo que quería, y entonces tu padre me dijo la verdad finalmente. Acerca de Wolf River y de cómo había muerto tu familia.

—El señor Carver me dijo que mis hermanos no habían muerto —Clair le dio la fotografía de su nacimiento a su madre—. Que vivían en Texas y que querían conocerme.

Josephine agitó la cabeza.

—Eso no es cierto. Había certificados de defunción de tus hermanos. Tu padre me dijo que los había visto.

—Pero el periódico... —respiró profundamente—. El artículo decía que toda la familia había muerto...

—El abogado me aseguró que era un error cometido por un periodista incompetente —dijo Charles con firmeza—. Waters sabía que yo quería adoptar sin esperar meses, o años de trámites, así que cuando te entregaron a él, no se molestó en corregir el periódico. Me llamó. Yo volé a los Estados Unidos, y te llevé de regreso a Francia conmigo.

—Clair —Josephine tomó la mano de su hija—. Ese hombre... el tal Jacob Carver te está mintiendo acerca de tus hermanos. Debió de descubrir lo que sucedió y quiere dinero. Es la única explicación que encuentro para que todo esto haya salido a la luz después de tantos años.

Clair agitó la cabeza.

–Él no me pidió dinero.

–Aún no, pero ya lo hará –dijo Josephine con voz temblorosa–. ¿Un escándalo como este a tres días de tu boda? Él sabe que haríamos cualquier cosa para mantener esto en secreto por ahora. Prométeme que no volverás a hablar con él.

–Yo... No sé. No estoy...

–Cariño –habló Josephine con voz implorante–. Aunque no te he llevado en mi vientre, tú eres mi niña y yo te amo profundamente. Por favor, Clair, perdónanos por ocultarte la verdad, y por favor, dime que no volverás a hablar con ese horrible hombre.

Tal vez tuviera razón su madre. Teniendo en cuenta todo lo que acababa de saber, tal vez Jacob Carver estuviera mintiendo y buscando conseguir dinero fácil. Y aunque no parecía un chantajista, nunca se sabía lo que tenía la gente en su mente.

Ella lo sabía mejor que nadie.

Aturdida, Clair se entregó al abrazo de su madre. Aquella era la única madre que había conocido, la que había jugado a las muñecas con ella cuando era pequeña, la que le había dado sopa cuando había estado enferma, y la que la había arropado por las noches. La madre que había hecho aspavientos por su primera cita, la que había llorado cuando había terminado la escuela secundaria y la universidad, la que se había preocupado cuando había vuelto demasiado tarde a casa.

Tarde o temprano, Clair sabía que tendría que enfrentarse a la realidad de haber sido adoptada y de que sus padres le habían mentido. Era algo demasiado grave para evitarlo o ignorarlo.

Era un asunto tan importante como que en tres días se casaría.

Con los brazos cruzados, Jacob se apoyó en una columna de mármol en la parte de atrás de una catedral de ciento ochenta y cinco años. La iglesia estaba llena de rosas blancas y rosas. Un cuarteto tocaba una pieza de Handel, mientras los invitados murmuraban mirando a una dama de honor rubia vestida de turquesa que caminaba por un interminable pasillo hacia el altar.

Jacob se preguntó qué habrían estado murmurando aquellas personas si hubieran visto a Blondie y Oliver saliendo del Motel Wanderlust a la una de la madrugada las dos últimas noches.

Jacob había descubierto por casualidad al futuro marido de Clair en pecado. Como Jacob no había podido acercarse a la mansión de Clair, había decidido seguir a su prometido con la esperanza de que él lo condujese a ella.

Pero no había sido Clair la rubia con la que Oliver Hollingsworth se había encontrado en el motel. Por costumbre, Jacob había hecho algunas fotos, pero no le servían. Su trabajo no era sorprender a un prometido infiel, sino convencer a Clair de que hablase con sus hermanos, o mejor aún, que se encontrase con ellos.

Había pensado que ella lo llamaría después de ver los documentos y de confirmar que la historia era cierta. Aunque apenas la conocía, tenía la impresión de que Clair era diferente de toda esa panda de ricos con la que andaba su familia. Cuando ella no se sentía observada, tenía algo en los ojos, en la expresión, que le despertaba curiosidad.

Evidentemente se había equivocado.

Cuando oyó la marcha nupcial, Jacob se puso erguido. Todas las cabezas se volvieron hacia la entrada por la que aparecería la novia.

¡Maldición! Debía conseguir acercarse cinco segundos a la novia cuando estuviera sola... Una vez que caminase hacia el altar, pasarían días, tal vez semanas, hasta que pudiera acercarse a ella.

«¡Maldita sea!», se dijo Jacob.

Jacob observó un movimiento en la puerta trasera de la iglesia. Por un momento no fue capaz de pensar con claridad. Como una nube blanca, Clair abrió la puerta y fue hacia él, con la cara cubierta por el velo.

Oliver Hollingsworth sería un cerdo, pero tenía mucha suerte, pensó Jacob.

Clair habría podido seguir caminando con paso firme, habría podido mantener la barbilla alta si no hubiera visto a Jacob Carver apoyado casualmente en una de las columnas de mármol cuando ella había salido de la antesala de la novia.

Jacob iba vestido todo de negro, y Clair pensó que parecía el diablo en persona. Cuando él le sonrió y se tocó la sien, ella apretó el ramo de flores que llevaba en las manos y dudó en su paso.

¿Cómo se atrevía a aparecer allí? ¿Y cómo se atrevía a mirarla con aquellos ojos de reproche?

No lo había llamado. ¿Y qué? Sus padres la habían adoptado, ¿qué más daba? La querían de verdad. Oliver la amaba y ambos tenían un futuro feliz por delante.

A unos pocos metros de ellos, su padre le hizo una seña con el brazo. Ella lo miró, miró a Oliver, que estaba de pie en la entrada de la catedral, observándola, sonriéndole serenamente, esperándola.

«¡Oh, Dios!», pensó Clair. Su corazón latía furiosamente. Clair se acercó a su padre, lo miró a los ojos y le dijo:

–Papá, yo... Lo siento.

Con un suspiro, Charles asintió y le dijo:

–Está bien –se inclinó y le dio un beso en la mejilla–. Haz lo que tengas que hacer.

–Gracias –susurró ella con un nudo en la garganta, le dio el ramo a su padre y lo abrazó–. Dile a mamá que la quiero.

Clair oyó los murmullos a su espalda cuando se dio la vuelta y fue bruscamente en dirección a Jacob. Alzó la barbilla, lo miró y dijo con amabilidad:

–¿Le importa llevarme en su coche?

Capítulo Dos

Condujeron en silencio. El sol se estaba escondiendo en el horizonte. Atravesaron fincas y granjas con cercas blancas y caballos de pelo lustroso que pastaban en el mullido campo verde.

Clair miraba hacia adelante. Tenía las manos entrelazadas en su regazo. Entre la cola del vestido y sus pliegues, y los tules de su velo, ocupaba casi toda la parte delantera.

Jacob miró por el espejo retrovisor por décima vez. Se sintió aliviado de que no los estuviera siguiendo nadie.

Apartando la falda del vestido de Clair, cambió de marcha y se metió en un barrio tranquilo, de elegantes casas de ladrillo. Luego, aparcó el coche a la sombra de una magnolia. Paró el motor, bajó la ventanilla de su lado y la de Clair. Ella no se movió. Ni habló.

Un hombre que paseaba su perro los miró con curiosidad.

—Clair... —dijo Jacob suavemente.

Ella parecía de cera. Él miró si respiraba. Por el movimiento de sus pechos, parecía que sí. Él era humano, y detuvo un momento su mirada en ellos antes de pronunciar su nombre nuevamente:

—Clair...

Ella pestañeó y se giró lentamente hacia él.

–¿Quiere decirme qué sucede aquí?

–Yo... –ella dudó. Tragó saliva y dijo–: Simplemente huí de mi prometido, de mis padres y de doscientos invitados.

Eso se lo había imaginado ya. Así que Jacob preguntó lo lógico:

–¿Por qué?

–No lo amaba –su voz tembló. Luego, lo miró y repitió–: Yo... no lo amaba.

La segunda vez la voz fue más firme. Jacob se apoyó en la puerta de su coche y la miró detenidamente. Pensó que tal vez su primera impresión no lo había engañado, después de todo. Tal vez había algo diferente en Clair.

–¿Y acaba de darse cuenta?

Ella miró el diamante de su mano.

–Conozco a Oliver de toda la vida. Nuestras familias han pasado vacaciones juntas, han celebrado cumpleaños y aniversarios. ¡Mis padres se pusieron tan contentos cuando él me propuso matrimonio! Jamás se me ocurrió rechazarlo.

–Hasta hoy.

–Toda mi vida ha sido una mentira –se quitó el anillo del dedo y lo puso en su palma–. Mis padres me mintieron. Yo me he mentido y he mentido a Oliver. Todo porque tuvimos miedo de decir la verdad, miedo de las consecuencias. Cuando salí y vi a toda esa gente sentada en la iglesia, y luego vi a Oliver, supe que era ahora o nunca –cerró la mano con el anillo dentro–. Jamás me perdonarán.

A él le hubiera gustado decirle que había hecho lo correcto. Que su prometido había estado revolcándose con una mujer que se suponía amiga de ella. Pero vio el frío miedo en los ojos de Clair, el peso de la culpa. No iba a ser él quien agregase dolor a aquella mujer.

Además, la vida sentimental de Clair Beauchamp no era asunto suyo. A él lo habían contratado para encontrarla, no para rescatarla.

—Mis padres me han confirmado todo lo que ha dicho sobre mi familia biológica —de un bolsillo a la altura de la cadera sacó un pañuelo de seda. Metió el anillo y volvió a introducirlo en el bolsillo—. A excepción del tema de mis hermanos, que me han dicho que murieron en el accidente con mis padres. Mi padre vio los certificados de defunción de Rand y de Seth.

—Los certificados de defunción eran falsos, como el suyo.

—¿El mío?

Jacob asintió.

—Comprendo —Clair frunció el ceño y agitó la cabeza—. No, en realidad no comprendo. ¿Cómo es posible? ¿Cómo es posible que separen a una familia, como hicieron con nosotros, y que nos den en adopción, legal o ilegalmente? ¿Cómo no lo supo nadie?

—El abogado de Wolf River se lo explicará todo —Jacob sacó su teléfono móvil del bolsillo de su camisa—. Puede hablar con sus hermanos y...

—No.

—¿No? —Jacob dejó de marcar y la miró.

—No. Por teléfono, no.

—De acuerdo —Jacob apagó el teléfono—. La llevaré a su casa para que prepare un bolso con algunas cosas. Luego, la acompañaré a tomar un avión a Dallas. Wolf River está a tres horas del aeropuerto y alguien va a...

–Señor Carver, al último sitio al que iría en este momento es a mi casa. Y no tengo intención alguna de tomar un avión.

Clair no sabía cuándo había tomado esa decisión. Tal vez en los últimos dos segundos, o quizá en el momento en que había visto a Jacob en la iglesia. De todos modos, no importaba.

Ella no iría a su casa.

–En primer lugar, ¿por qué no me llama simplemente Jacob?

Clair se quedó inmóvil al ver cómo la miraba de arriba abajo. Aquellos ojos negros le habían producido escalofríos.

¡Dios santo! Hacía calor en el coche.

–En segundo lugar... –volvió a mirarla a los ojos–. Por si se le olvida, aún lleva el vestido de novia.

–Le aseguro, Jacob, que nadie mejor que yo sabe cómo voy vestida –el vestido le quedaba como un guante, y ella apenas podía respirar–. Pero no pienso volver a casa.

–De acuerdo... –puso una mano en el volante–. ¿Y cuál es su plan?

–Muy sencillo, en realidad –a su madre le había llevado quince minutos sujetar el velo a su cabeza. A ella le llevó dos segundos quitárselo–. Me llevará en coche a Wolf River.

Él la miró un momento.

–¿Cómo dice?

–Digo... Que me gustaría que me llevase a Wolf River.

–No es posible –Jacob agitó la cabeza–. Me han contratado para encontrarla y ponerme en contacto con usted. Lo siento, pero mi trabajo ha terminado.

–Entonces lo vuelvo a contratar –Clair movió los hombros hacia atrás, pero no logró disminuir la molestia que le ocasionaban sus pechos aprisionados–. ¿Cuánto cobra?

–¿Habla en serio? –Jacob se rio–. No importa lo que cobro. La llevaré al aeropuerto y la subiré a un avión. Eso es todo lo que puedo hacer.

–Le pagaré el doble.

Ella notó la duda en su mirada, la leve subida de una ceja, pero luego él volvió a agitar la cabeza.

–Mire. Comprendo que se encuentre un poco alterada y que no pueda pensar con claridad, pero...

–Pare –Clair se acercó a él y achicó los ojos–. Pare. Usted apareció hace tres días y me dijo que toda mi vida era una mentira. Yo acabo de abandonar a la única familia que he conocido, por no hablar de mi prometido y de los doscientos invitados. No me diga que comprende cómo me puedo sentir o qué puedo pensar en este momento. Usted no tiene ni idea de lo que puedo tener en la cabeza en este momento.

Clair se puso la mano en el vientre, sorprendida de que pudiera alzar la voz. Habían sido años de modales estrictos y de impecable comportamiento.

–Le pido disculpas –dijo, disimulando el picor que le causaban sus pechos aprisionados–. He sido ruda con usted. Estoy segura de que podemos hablar de esto con serenidad.

–No hay nada que hablar.

Cuando él le miró el pecho, Clair se puso nerviosa. ¡Ni Oliver se hubiera atrevido a mirarla tan descaradamente!

Resistió el impulso de taparse con las manos.

Al ver que él no dejaba de mirarla, su nerviosismo se transformó en irritación.

–Señor Carver –dijo ella, haciendo un esfuerzo por emplear un tono frío–. Si dejase de mirar mi pecho, tal vez pudiese escucharme.

–Lo siento. Pero eso no estaba ahí hace unos minutos.

–¿Qué cosa no estaba dónde?

–Eso.

Clair miró hacia abajo y exclamó. ¡Oh! Sus pechos estaban saliendo por arriba del escote. «¡Maldito vestido!», pensó.

–¡Eso tiene que hacerle daño! –dijo él.

–No es nada –mintió ella, toda colorada. Agarró el velo y se cubrió.

–Señor Car... Jacob... Necesito ir a Wolf River, pero también necesito unos días para digerir todo lo que ha sucedido. No tengo dinero encima en este momento, pero le aseguro que tengo acceso a una cuenta personal. Dígame cuál es el precio.

¡Maldición! ¡Clair Louise Beauchamp–Elizabeth Marie Blackhawk sería una mojigata, pero muy altanera!

Jacob no sabía si le hacía gracia o si lo molestaba. Tal vez ambas cosas. Pero una cosa era cierta: ella era muy atractiva.

Cuando se había quitado el velo habían caído varios mechones de cabello negro brillante. Llevaba unos pendientes de perlas y un collar a juego. Tenía unos ojos azules, que por momentos echaban fuego, y por momentos hielo, y una boca que podría haber tentado a un santo.

Y él no era un santo.

–Mire, Clair. Tal vez usted tenga razón. Tal vez necesite algo de tiempo para pensar en todo esto. Puedo llevarla a algún complejo turístico en algún sitio, para que se quede de incógnito. Dentro de unos días...

–No tengo intención de ocultarme en un complejo turístico –ella alzó la barbilla–. Sé lo que quiero. Tal vez por primera vez en la vida. Le pagaré el triple de sus honorarios.

–Yo... ¿El triple?

–Por favor –ella se inclinó y puso los dedos en su brazo–. Jacob, por favor...

Su mano en la piel desnuda era tan cálida como su ruego. Él vio entreabrirse sus labios suavemente para rogarle, mientras lo miraba, implorante, y sintió una punzada de deseo en sus partes bajas.

Apretó los labios y se soltó de un tirón. Negó con la cabeza.

–No, lo siento, pero tendrá que...

De pronto sonó el móvil y él recordó que el teléfono estaba debajo de la nube de tules de su vestido. Clair exclamó cuando Jacob hundió su mano en los tules y bordados y sacó su teléfono de debajo de su trasero.

–Carver al habla –dijo cuando contestó por fin.

–Jacob Carver, ¡hijo de mala madre! –dijo un hombre al otro lado de la línea–. ¡Le exijo que traiga a mi prometida de vuelta a la iglesia!

Jacob alzó una ceja y preguntó como si no supiera nada:

–¿Con quién estoy hablando?

–Sabe perfectamente con quién está hablando! ¡Vuelva aquí inmediatamente! –gritó Oliver Hollingsworth.

–Estoy ocupado ahora mismo. ¿Qué le parece si lo llamo más tarde?

La respuesta de Oliver hizo que Jacob alzara la ceja.

Clair se mordió el labio nerviosamente.

–No me va a humillar de este modo –gritó Oliver–. Traiga a Clair ahora mismo o haré que no le renueven la licencia de detective. ¡Lo demandaré judicialmente! Lo haré arrestar y lo...

–Tengo su número –lo interrumpió Jacob–. Habitación 16 del Motel Wanderlust. ¡Bonito lugar! Aunque las paredes son algo finas, ¿no cree?

Hubo un tenso y largo silencio al otro lado de la línea. Luego, Oliver dijo serenamente:

–Mire, Carver. Será mejor que se guarde esa información... ¿Veinticinco mil dólares está bien? Si trae a Clair a la iglesia enseguida doblaré la cifra. Después de la ceremonia, usted y yo podemos hablar tranquilamente, de hombre a hombre...

Jacob colgó y cerró su móvil.

¡El muy cerdo ni siquiera había preguntado cómo estaba Clair! Ni había pedido hablar con ella, pensó Jacob. A los Hollingsworth solo les interesaba que ella volviera para no sentirse humillados.

–¿Quién era? –preguntó Clair ansiosamente.

–Nadie que usted conozca –dijo Jacob. Era casi cierto.

La vio relajarse.

–Jacob, reconsidere la oferta que le he hecho...

–De acuerdo.

—¿De acuerdo?

—Lo haré.

—¿Lo hará?

—He dicho que lo haría, ¿no? Pero lo haremos a mi modo, ¿ha comprendido?

—Por supuesto.

Ella le sonrió dulcemente, y con tal inocencia, que él sintió otra punzada de deseo.

«¡Maldita sea!», pensó.

—Pararemos cuando yo lo diga, y donde yo diga. Y no quiero mucha charla.

Ella asintió apretando los labios.

—Abróchese el cinturón.

Ella se puso el cinturón, algo que no era fácil, teniendo en cuenta su traje. Luego, se echó hacia atrás en el asiento y miró al frente.

Él la miró. Tenía un perfil perfecto, una sonrisa serena, una cara hermosa... Parecía un ángel.

Jacob puso el coche en marcha y volvió a la autopista. Si no quería tocar a Clair, y no la tocaría, tenía que llegar a Wolf River cuanto antes.

Clair intentó no pensar en lo que había hecho. Si bien no se lamentaba de no haberse casado con Oliver, se sentía culpable por haberse marchado de aquel modo. Aunque Oliver no había sido nada romántico ni apasionado con ella los dos años que llevaban saliendo formalmente, no se merecía que lo abandonase en el altar.

No sabía si Victoria y su hijo la perdonarían algún día, ni si volverían a hablarle. Era curioso, pero le dolía más la idea de que Victoria no volviese a hablarle que la de que no lo hiciera Oliver.

Clair sabía que sus padres superarían el escándalo, aunque tuvieran que vivir momentos difíciles. El saber que tenía el apoyo de su padre la alentaba. Pero aún quedaba su madre por apaciguar. Aquel pensamiento hacía que la picazón en los pechos aumentase.

Intentó concentrarse en el paisaje y en la música de Aretha Franklin en la radio de Jacob.

Había intentado no hablar desde que Jacob había vuelto a la autopista. Había intentado distraerse para no rascarse donde sentía el picor en los pechos. No se rascaría... ¡No se rascaría! ¡No podía rascarse!, pensó.

–¡Pare! –gritó de repente.

–¿Qué?

–Pare el coche.

Él apartó el coche de la carretera y paró detrás de unos cipreses.

–Guapa, si has cambiado de parecer, estás en tu...

Ella se desabrochó el cinturón y le dio la espalda. Se puso una mano en el pecho y sintió el calor abrasador.

–Desabrócheme –le dijo.

–¿Qué?

–Dese prisa.

En otra situación habría sido un halago y un placer que una mujer le pidiera que le desabrochase el vestido. Pero con Clair aquello no era nada normal.

–¡Jacob, por favor!

–De acuerdo, de acuerdo...

Jacob miró la espalda del vestido. Tenía cinco diminutos botones antes de la cremallera. Cuando por fin pudo terminar con todos ellos y la cremallera, el vestido se aflojó y ella dio un suspiro de alivio.

—¡Ahora el corsé!

—No creo que sea buena idea...

—No puedo hacerlo yo sola. ¡Te juro que voy a gritar si no me quito esto inmediatamente!

Terrible. Lo peor que podía sucederle en aquel momento era estar en el coche con una mujer medio desnuda y que se pusiera a gritar. Extendió la mano hacia el primer ojal, luego los desabrochó uno a uno, hasta que la prenda interior cayó.

—¡Bendito seas! —suspiró ella.

Jacob hizo un gesto de dolor al ver las marcas rojas que le habían quedado en la piel. Sin pensarlo, le tocó la espalda.

Ella se irguió sobresaltada.

—Relájate —le dijo él, frotando su espalda—. Creo que puedo controlarme, Clair. Dime dónde te pica.

—Ahí —dijo ella con voz tensa, pero se acomodó nuevamente en el asiento—. Por todos lados.

Él movió su mano por la espalda. Ella gimió suavemente y arqueó la columna bajo su mano. Jacob se mordió la lengua para no maldecir.

Su piel era tibia seda, y él sintió ganas de explorar más, de sumergirse en el vestido y llegar hasta la cintura. De acariciar su vientre y sentir el peso de su pecho firme.

Su espalda, delgada y larga, estaba totalmente desnuda. Jacob sintió un deseo irresistible de besar sus hombros, de probar su piel.

—¡Qué placer! —susurró ella.

Clair nunca había experimentado algo tan relajante y erótico. Las manos de Jacob en su espalda eran una sensación exquisita. Todo su cuerpo se estremecía al sentir su tacto.

Se sentía como si la hubieran drogado, o como si se acabase de despertar de un sueño sensual y aún estuviera atrapada entre la fantasía y la realidad. Sus miembros le pesaban, estaba un poco mareada...

La sorprendió ver que se dejaba tocar por aquel hombre que apenas conocía, incluso que deseara que la tocase, no solo en la espalda, sino en otros lugares. Tenía ganas de que le tocase los pechos, y el lugar entre las piernas...

Cuando sintió sus manos cerca de la parte de atrás de sus pechos, se sobresaltó. Sabía que debía apartarse, pero no podía.

Cerró los ojos. Notó que él se acercaba más. Sintió su aliento en el hombro.

Pero entonces, de repente, Jacob le subió el vestido y se apartó.

−¿Estás mejor? −preguntó él.

Ella se sentía demasiado incómoda como para darse la vuelta. Se limitó a asentir.

Él dijo algo pero ella no le entendió. Luego, oyó cómo Jacob abría el coche y salía. Agradeció tener un momento de soledad. Se tapó la cara con las manos y gruñó. Se imaginaba lo que debería estar pensando él de ella. No solo le había pedido que le desabrochase el vestido, sino que le había permitido acariciarla.

Lo oyó revolver en el maletero. Después de cerrarlo apareció con un puñado de ropa que tiró en el asiento.

–Ponte esto por ahora. Ya encontraremos algo más adecuado cuando paremos para cenar.

Clair miró los pantalones de chándal y la camiseta y alzó la mirada hacia Jacob.

–Yo... Gracias.

–Tienes cinco minutos para cambiarte. Luego, me subiré al coche, te hayas vestido o no. Te aconsejo que te des prisa.

Jacob cerró la puerta y se apoyó en la puerta del conductor. Clair miró su espalda un momento y luego la ropa. Le quedaría enorme, pero cualquier cosa sería mejor que aquel vestido.

Se dio cuenta de que ya había perdido veinte segundos y empezó a quitarse el vestido y el corsé. Se puso la camiseta, y cuando apenas había terminado de ponerse los pantalones de chándal, Jacob entró en el coche y puso en marcha el motor.

Una nube de polvo se esparció al arrancar. Jacob se aferró al volante con ferocidad.

Pero Clair, después de haber dejado la iglesia y la boda atrás, tuvo una cierta sensación de libertad que jamás había experimentado. Sonrió y se puso el cinturón de seguridad. Y mentalmente cantó la canción de los Eagles que sonaba en la radio.

Capítulo Tres

Eran cerca de las ocho cuando Jacob paró en una hamburguesería al paso. Tenía hambre. Estaba cansado y de mal humor.

Estaba acostumbrado a viajar solo. Le gustaba viajar solo. No le había bastado con que Clair se quedase callada la mayor parte del tiempo que habían estado en la carretera. No se podía relajar. No se podía concentrar con una mujer como aquella cerca de él. Había intentado no mirarla y mirar directamente a la carretera, pero, aun así, había sentido la energía emergiendo de ella; había notado su excitación, su nerviosismo, su ansiedad.

Y por si fuera poco, también la olía. Aquella increíble fragancia le hacía recordar permanentemente lo suave que era su piel. Le recordaba cuánto había deseado tocarla. Con sus manos y su boca...

—Bienvenidos a Bobby's Burgers, del hermoso pueblo de Lenore, Carolina del Sur. Mi nombre es Tiffany —saludó la chica de la hamburguesería—. ¿Qué van a pedir?

Él se pasó una mano por el pelo y luego sacó la cabeza por la ventanilla.

—Tomaremos tres Big Bobs, dos raciones de patatas fritas y dos...

—Espera, espera, espera... —Clair se desabrochó el cinturón—. Déjame ver qué hay.

—¿Qué tienes que mirar? —dijo él, irritado, cuando ella se atravesó en el coche por delante de él.

Los ojos de Clair se encendieron cuando vio los menús.

—Patatas con salsa chile. Quiero de esas, por favor.

Jacob agitó la cabeza y volvió a dirigirse a la chica para pedir.

—Que sean...

—Espera, espera, espera —se inclinó Clair hacia él, puso una mano en su brazo y agregó—: Con doble queso. ¡Ah! Y un batido de chocolate.

Clair estaba prácticamente en su regazo. Él sentía la tibieza de su cuerpo, y sabía que no llevaba sujetador debajo de la camiseta.

—¿Es todo?

—Quizá unos pepinillos extra y mayonesa en la hamburguesa. ¡Ah! Y una de esas cosas pequeñitas verdes picantes.

—¿Jalapeños?

Clair sonrió y asintió.

—Sí, eso.

Recogieron la bandeja con la comida, y Jacob aparcó el coche en el aparcamiento del restaurante.

Ella sacó unas servilletas de su bolsa y las extendió en su regazo.

Jacob la miró con curiosidad. Clair mordió la hamburguesa delicadamente, cerró los ojos suspirando y sonrió.

–Veo que te gustan las hamburguesas de Bobby's Burgers –dijo él, y mordió la hamburguesa.

–Es la primera... –sacó un jalapeño y lo puso entre la hamburguesa y el pan.

–¿Es tu primera hamburguesa de Bobby's Burger? –la miró, incrédulo–. Tienen veinticinco mil franquicias en cincuenta estados. Todo el mundo ha comido una hamburguesa de Bobby's Burger.

–Yo no –dijo ella, mordiendo otra vez y haciendo aspavientos con la mano. Tenía lágrimas en los ojos.

Él sonrió y le alcanzó el batido de chocolate. Ella bebió y buscó las patatas con chile.

–Mi madre tenía una lista de comidas para que preparase el chef –comió la patata tan delicadamente como la hamburguesa–. Las hamburguesas estaban prohibidas.

–Es por eso que tiraste el perrito caliente a la papelera... –él buscó su soda–. Creíste que yo era un espía de tu madre.

–Algo así –Clair masticó concienzudamente–. Mi madre se preocupa.

–¿Por las hamburguesas y los perritos calientes?

–No lo sabes bien –ella suspiró y miró las patatas–. Es un poco sobreprotectora.

–¿Un poco?

–Es porque me quiere. Yo era... Soy... Su única hija. Estoy segura de que tu madre también se preocupa por ti.

–Mi madre se preocupa tanto por mí que nos abandonó a mi hermano menor y a mí. Nos dejó con un padre alcohólico, cuando yo tenía nueve años –dijo sin emoción–. Volvió a aparecer cuando yo tenía dieciocho años, pero solo porque se enteró de que ella era la beneficiaria de un seguro de vida. Recogió el dinero y no la he vuelto a ver desde entonces.

–Lo siento –dijo Clair–. Al parecer, provenimos de extremos opuestos.

–¡Bonito eufemismo, cariño! –alzó su vaso hacia ella.

Terminaron de comer en silencio, y él se sorprendió de que ella se comiera todo lo que había pedido.

La observó doblar la bolsa de papel de la hamburguesa y los cartones de las patatas, y meterlos en la bolsa de papel marrón perfectamente alisados. Fue como mirar un ballet, pensó Jacob. Ella se movía con la fluidez y la gracia de una bailarina. Y el hecho de que estuviera vestida con una camiseta grandona y unos pantalones de chándal deformados no le quitaban un ápice de elegancia.

No obstante, aunque estuviera guapa con su ropa, necesitaría algo más adecuado para el viaje.

No le quedaba más remedio que ir de compras con una mujer. Algo que odiaba.

Dos horas más tarde, Clair estaba sacando sus compras de las bolsas de plástico de Sav–Mart. Allí se había comprado una camiseta rosa, una falda vaquera corta, una blusa verde menta... No se había probado nada, pero tenía un montón de bolsas de plástico alrededor de ella.

Sonriendo, sacó un suéter color lavanda y lo tocó con la mejilla.

Nunca había comprado nada en los grandes almacenes Sav–Mart, aunque había oído hablar de ellos. Al fin y al cabo, eran los grandes almacenes más populares del país. Pero Josephine Beauchamp jamás se hubiera acercado a uno de ellos. Si hubiera sabido que su hija no solo había ido a esos almacenes sino que se había comprado un ropero entero de ropa allí, habría sufrido un ataque al corazón. Y si hubiera visto cómo había ido vestida a hacer las compras, con aquella ropa de hombre colgándole por todas partes, se habría querido morir.

Aunque debía admitir que ella también se había sentido un poco incómoda al entrar en la tienda. Pero después había seguido a Jacob a la sección de señoras y se había olvidado del asunto.

A Clair la habían fascinado aquellos grandes almacenes con todo tipo de productos, desde libros a bicicletas.

Jacob había soportado pacientemente la espera, se había cruzado de brazos y se había quejado de que se llevase una unidad de cada cosa que veía. Pero había pagado todo, y ella le había prometido reembolsarle el dinero en cuanto pudiera.

También se había parado en la sección de cosmética y se había llevado un lote de productos, incluida una crema iridiscente para el cuerpo.

Jacob había ido con el coche a un motel cuando habían terminado las compras. Ella lo había esperado en el coche mientras él pedía dos habitaciones.

Gruñendo y quejándose todo el tiempo, Jacob

la había ayudado a llevar a su habitación todas las bolsas y una maleta que se había comprado. Clair estaba segura de que no había dicho más de dos palabras desde que habían salido de la tienda.

No sabía cuál podría ser su problema. Pero de momento no le importaba. Ella estaba demasiado ocupada.

Afortunadamente, Jacob había estado distraído con una revista de deportes cuando ella había pasado la ropa interior por la caja registradora y el dependiente le había preguntado a otro por el precio de dos sujetadores.

Sorprendentemente, había sobrevivido.

Ahora estaba frente a sus compras, excitada ante encajes, satén, sujetadores sin tirantes y braguitas de todo tipo. No se había privado de nada.

Descubrió la prenda más atrevida de todas: un tanga imitando la piel de un leopardo.

No pudo esperar a probárselas.

Cuando estaba yendo al cuarto de baño para cambiarse, sintió dolor de estómago, y al mismo tiempo oyó unos golpes en la puerta.

Dejó la lencería encima de la cama y fue a abrir.

Entreabrió la puerta.

–¿Estás bien? –Jacob estaba al otro lado de la puerta.

–Yo... –el dolor de estómago se le pasó momentáneamente, pero las náuseas persistieron–. Sí, estoy bien.

–Estás un poco pálida.

–Es una pequeña molestia en el estómago. Los nervios. Estoy segura –dijo ella, respirando profundamente–. Ahora estoy bien.

–¿Seguro?

–Estoy bien. De verdad.

–Bien –Jacob alzó una caja rosa con olor dulce–. He traído unos donuts. Pensé que tal vez te gustaría tomar uno ahora, o mañana por la mañana.

Clair se puso más pálida. Se llevó la mano a la boca, se dio la vuelta y corrió hacia el cuarto de baño.

Jacob entró en la habitación y cerró la puerta.

Había bolsas y artículos por todas partes. Lo que no le extrañaba, porque no solo había tenido que soportar todas las compras, sino que había tenido que subirle todas las bolsas.

Arqueó una ceja al ver la ropa interior que estaba encima de la cama. Su elección de lencería había sido la parte más interesante del tour, aunque había intentado no mirar lo que había metido en la cesta de Sav–Mart; pero cualquier hombre hubiera mirado de reojo unos sujetadores de encaje negros y braguitas a juego, ¿no?

Se paró al lado de la cama y tomó una pieza con estampado de leopardo.

¡Dios! ¡Se había comprado un tanga!

Su corazón se aceleró al ver la prenda.

¡Lo que le faltaba! ¡Imaginarse a Clair con un tanga!

Afortunadamente, el ruido de la cisterna del cuarto de baño fue como una ducha de agua fría en sus pensamientos. Dejó el tanga en la cama, se lamió el azúcar del donut y luego fue hacia la puerta del cuarto de baño.

–¿Estás bien? –golpeó la puerta suavemente.

–Estoy bien. Vete, por favor –dijo con voz débil.

Él no le hizo caso y entró. Clair estaba sentada en el frío suelo de terrazo, apoyada en la bañera, con la frente apoyada en las rodillas flexionadas. Jacob tomó una toalla pequeña del toallero, la mojó y se la dio a Clair.

–Toma.

Ella alzó la mirada, tomó la toalla y se la puso en las mejillas.

–Gracias. Y ahora, si no te importa...

Él se sentó a su lado.

–¿Qué crees que ha sido? ¿Las patatas con chile? ¿El batido de chocolate? ¿Los jalapeños o tal vez...?

–Para –protestó Clair–. No hace falta que me digas que ha sido una estupidez. Ya me he dado cuenta, gracias.

Él sonrió y le tomó la barbilla. Estaba muy pálida.

–Tienes que aprender a medirte sola, Clair, nada más. Ir probando poco a poco, en lugar de lanzarte de golpe a la piscina. Tienes que caminar antes de correr.

–He estado probando y caminando toda mi vida, Jacob. No me importa que el agua de la piscina esté fría. No me importa si me caigo. Me he perdido muchas cosas. Cometeré errores, pero sean los que sean, serán míos.

–¿O sea que la vida de princesa no es tan maravillosa como se supone? –preguntó él.

–No voy a pedir disculpas por quién soy, ni por cómo me han criado –respondió ella a la defensiva–. Cerró los ojos y agregó–: Ni por quién creía ser.

Él había conocido a muchas mujeres ricas que creían que el mundo debía girar alrededor de ellas. Pero había algo diferente en Clair. Una inocencia que lo enervaba, que le daba ganas de salir corriendo.

Por un momento, consideró esa posibilidad. Pero, en vez de eso, masculló en silencio y la levantó en brazos.

Ella exclamó y se puso rígida ante aquella inesperada maniobra.

–Bueno, señorita Beauchamp, puesto que no quieres perderte nada, te sugiero que te acuestes.

Clair lo miró con ojos muy abiertos.

–Yo no he dicho, quiero decir, yo no quise decir que quería, que deberíamos...

Él la llevó a la cama.

–Relájate, Clair. Me refería a que te fueras a dormir. Tenemos aún dos días de viaje antes de que lleguemos a Wolf River. Pero... ¡Eh! ¡Gracias por tenerme en cuenta! –la dejó en el colchón.

Clair se puso colorada.

–¡Oh! –exclamó.

Parecía tan indefensa allí, tumbada, que él hubiera tenido ganas de meterse con ella en la cama.

Jacob la miró. Una nueva punzada de deseo lo asaltó.

–Duerme. Saldremos a las nueve aproximadamente.

Se fue por la puerta que conectaba ambas habitaciones, la cerró y gruñó.

Aquel iba a ser un viaje muy largo.

Jacob se despertó cuando todavía era de noche. No sabía por qué.

Eran las seis menos cuarto de la mañana.

¿Y ese olor? ¿Era café? Tendría que beber una taza de café cuando se levantase, más tarde, pensó.

Luego, empezó a oler otra cosa. ¿Melocotones?

¿De dónde venían esos olores?

Oyó a Clair susurrar su nombre al mismo tiempo que sentía que el colchón se hundía levemente. Cuando se dio la vuelta y se incorporó jurando, Clair exclamó.

–¿Qué sucede? –preguntó Jacob. Apenas veía su silueta en la oscuridad.

Clair había saltado de la cama y se había puesto a distancia segura. Tenía una taza de café en la mano.

–¿Qué ha sucedido?

–Nada –contestó ella; su voz se rasgó, carraspeó y agregó–: Quería hablar contigo.

–¿A las seis menos cuarto de la mañana?

–Es un asunto que no puede esperar.

–Por supuesto que puede esperar –se tapó y le dio la espalda.

–Tengo un plan –ella se acercó a la cama, encendió la lámpara y dejó la taza en la mesilla.

Él hizo una mueca de dolor cuando lo encandiló la luz.

–Vete, Clair, o no seré responsable de lo que pase.

Ella se cruzó de brazos y contestó:

–¿Qué quieres decir con eso?

Él se apoyó en un codo. Tenía el torso desnudo. La miró achicando los ojos.

Ella tenía el pelo aún mojado de la ducha. Su cabellera enmarcaba su hermoso rostro y caía en los hombros de la blusa rosa sin mangas que llevaba puesta. Unos pantalones negros marcaban su silueta. Estaba descalza, con las uñas de los pies pintadas de rosa.

¡Maldición! ¡Le hubiera gustado comérsela entera!

Jacob apretó las mantas entre sus dedos para no arrastrarla a la cama con él y mostrarle exactamente lo que quería decir.

Pero no quería hacerlo. Ella no solo era una clienta, sino que lo metería en líos. Clair Beauchamp era complicada. Él las prefería más simples para el sexo.

–¿En la lista de prohibiciones de tu madre no estaba el meterse en la habitación de hombres semidesnudos?

–Bueno, eso es parte de lo que te quiero hablar.

–¿Quieres hablarme de hombres semidesnudos en habitaciones de hotel?

–Por supuesto que no –puso una mueca de impaciencia–. Quiero hablar contigo acerca de mi plan.

Con otro gruñido, él se volvió a tapar con las mantas.

–¿Siempre has sido así de molesta?

–Ese es el tema, Jacob –ella se sentó de rodillas en el suelo–. Nunca he sido molesta. Siempre me he portado impecablemente. Nunca se me ocurrió que podía hacerse otra cosa.

–¿Quieres decir que nunca te rebelaste, ni siquiera cuando eras adolescente? Todos los niños vuelven locos a sus padres en algún momento... –Jacob no podía creerlo.

–Yo le di al término PC un nuevo significado: Perfecta Chica. No había nada que deseara más que la aprobación de mis padres.

–Supongo que no es fácil.

–No fui una pobre chica rica, si eso es lo que estás pensando. Mis padres han sido maravillosos conmigo. Han hecho siempre lo que creían mejor para mí. Han sido muy sobreprotectores, por amor. Y como yo también los amaba, quería complacerlos.

Al precio de no complacerse ella misma, pensó Jacob. Tal vez lo hubiera hecho por temor a perder una segunda familia. Aunque hubiera tenido apenas dos años, el recuerdo inconsciente permanecía en su mente.

Jacob se pasó la mano por el pelo y preguntó:

–¿Cuál es tu plan entonces?

Ella sonrió, agarró la taza de café, se la dio y respondió:

–Mi plan es ningún plan.

–¿Cómo?

–He tenido planeada mi vida desde siempre. Ahora quiero ser espontánea, impulsiva, irresponsable.

«Mala idea», pensó Jacob. Pero, ¿quién era él para decirle lo que tenía que hacer? Clair ya había tenido bastante de eso.

–Bien. Te llevaré a Wolf River y podrás hacer lo que quieras y ser quien quieras a partir de entonces.

–Me refiero a antes de llegar a Wolf River. Quiero hacer cosas que nunca he hecho, ver cosas que no he visto... Experimentar todo lo que pueda. Y quiero que tú me guíes.

–¿Yo? –muy mala idea, pensó él–. De ninguna manera .

–Jacob, te pagaré por el tiempo que pierdas –apoyó los brazos en la cama–. ¿Qué son tres o cuatro días más?

Su perfume lo embriagó. ¿Sería tan distraída que no se daría cuenta de lo que provocaba en él? ¿O lo estaba manipulando para conseguir lo que quería?

Fuese como fuese, Jacob sintió ira. Dejó la taza de café, la sujetó por los hombros y la acercó.

Ella se sobresaltó.

–Te lo voy a decir claramente, Clair –la miró entrecerrando los ojos–. Seas clienta o no, no me tengo confianza con respecto a ti. No sé si podré aguantar no tocarte en los próximos dos días, así que en tres o cuatro, menos aún.

Ella lo miró.

–Yo confío en ti –le dijo.

Jacob no quería que ella confiara en él. No quería esa responsabilidad.

–¿Quieres espontaneidad? ¿Quieres impulsividad? Bien, la has conseguido –dijo entre dientes.

Tiró de Clair y la besó. Se dio cuenta del shock que produjo en ella. Él también se sorprendió, no solo por la intensidad de su propio deseo, sino por el hecho de que ella no se hubiera apartado. Él abrió aquellos hermosos labios y metió su lengua.

Y ella tampoco se apartó.

Clair era tan dulce como había imaginado. La besó más profundamente y sintió su estremecimiento y su suave gemido. Sus labios se amoldaron a los suyos, y su lengua respondió también a la suya.

Fue la sensación de inocencia lo que le hizo echar la cabeza hacia atrás. La miró. Sus ojos estaban llenos de confusión y deseo. Definitivamente, deseo. Sus labios estaban aún húmedos de su beso.

Él había esperado que ella le diera un bofetón, o al menos que lo hubiera apartado. Y el hecho de que no lo hubiera hecho, acrecentaba el deseo.

Se moría por arrastrarla a la cama con él.

Pero no podía hacerlo. Sabía, sin saber por qué, que le saldría caro hacerlo.

—No confíes en mí —dijo él, y la soltó tan repentinamente que ella se cayó al suelo—. Búscate otro hombre.

Ella se quedó allí, mirándolo. Luego, inesperadamente, se empezó a reír.

—¿Qué te resulta tan gracioso?

—¿Qué diablos te hace pensar que estoy buscando un hombre? —dijo ella, cruzando los brazos—. ¡Dios santo! Lo que menos necesito en este momento es un hombre.

—¿No?

—No te ofendas, Jacob —se puso el pelo detrás de la oreja—. Ese beso ha sido muy agradable, pero te aseguro que no busco nada más que un viaje en coche a Wolf River con algunas experiencias en el camino.

¿Que su beso había sido agradable? Jacob frunció el ceño. Le mostraría lo que era bueno.

Pero Clair se levantó y caminó hacia la puerta.

—Siento que no quieras el trabajo —dijo por encima del hombro—. Te enviaré un cheque por el tiempo perdido y los gastos. Gracias por todo lo que has hecho por mí, y si tú...

–Detente ahí.

–¿Sí?

–¿Qué estás haciendo?

–Voy a hacer la maleta, llamaré luego a una empresa de alquiler de coches para que me recoja.

–¿Vas a conducir tú? –preguntó él, sorprendido.

Ella se dio la vuelta y arqueó una ceja.

–No creo que sea asunto tuyo.

–Bueno, va a ser asunto mío –Jacob agarró las mantas, se envolvió con ellas y se levantó.

Cuando lo vio ir enfadado en su dirección, Clair lo miró sorprendida.

–Saldremos en quince minutos y será mejor que te des prisa. Hasta que no haya bebido tres tazas de café, no me hables. ¿Comprendido?

–De acuerdo –murmuró ella.

–Y ahora, si no quieres un espectáculo, te sugiero que te marches de mi habitación.

Ella se marchó. Él se quedó mirando la puerta y preguntándose qué acababa de suceder.

«Te has vuelto loco», se dijo.

Maldición, se dirigió hacia el baño y decidió que la ducha sería de agua fría.

Capítulo Cuatro

Clair sospechaba que Jacob ponía la música alta para no hablar con ella, pero no le importaba. No solo porque le gustaba la selección de rock que estaba escuchando, sino porque necesitaba estar un rato a solas con sus pensamientos.

Jacob tarareaba casi todas las canciones. Y a veces hasta las cantaba, pero cada tanto se hundía en un silencio sepulcral. Era evidente que estaba acostumbrado a estar solo en aquel coche, y que no le gustaba que invadieran su espacio.

Habían pasado por Lenore hacía tres horas, y habían parado a pedido de ella en un pueblo para comprar agua mineral; luego, habían pasado la frontera de Georgia.

El día era caluroso y húmedo, y Clair se alegró de que el coche de Jacob tuviera aire acondicionado lo suficientemente fuerte como para que hasta un pingüino tuviera frío.

O como para enfriar a una mujer excitada, ardiendo aún después de un apasionado beso.

El beso de Jacob le había agitado el cerebro y quemado el cuerpo. Sus labios aún conservaban aquella sensación, y sentía mariposas en el estómago. Toda la vida le habían enseñado a comportarse con el recato y la pose necesaria. A ser serena y compuesta en todas las situaciones... Pero con un solo beso de Jacob se había derretido...

Casi le había pedido más.

Los besos de Oliver habían sido... corteses comparados con los de Jacob. El beso de Jacob había sido salvaje, lleno de abandono por su parte. Caliente.

Él le había dicho que le costaba no tocarla, pero, aunque sus palabras le habían dado un vuelco al corazón y le habían quitado el aliento, ella no le creía. Un hombre como Jacob no podía estar interesado en una chica comedida y sin experiencia como ella. Sabía que eran solo palabras, que lo había hecho para intimidarla, para que desistiera de experimentar cosas nuevas durante el viaje a Wolf River.

Pero eso no había hecho que su beso fuera menos excitante.

Al contrario, le había demostrado que había todo un mundo de experiencias que la estaba esperando. Y aunque no estuviera preparada para los Jacob Carvers del mundo, estaba dispuesta a vivir un poco de excitación y aventura.

Mientras atravesaban granjas y colinas, Clair miraba de reojo a Jacob. La camiseta negra le quedaba perfecta en aquellos hombros anchos y brazos musculosos. Llevaba barba de un día y un par de gafas de sol. En la ceja derecha tenía una cicatriz pequeña con forma de rayo. La mandíbula era fuerte, la nariz ligeramente curvada, su boca... irresistible.

Aunque ella no estaba interesada en los hombres en aquel momento, suponía que Jacob debía de interesar a más de una mujer. Destilaba una cierta tosca masculinidad que debía de hacer que las mujeres estuvieran a sus pies.

Clair desvió la mirada. No le gustaba la línea de pensamientos que estaba siguiendo.

Vio a un par de niños remontando unas cometas, roja y amarilla.

–No he hecho nunca eso –dijo ella, ausente, mirando las cometas.

Jacob bajó la música.

–¿Qué?

Ella se giró levemente, mirando aún las cometas en el cielo.

–Que nunca he remontado una cometa.

–¿Nunca?

Ahora que lo había repetido se sentía tonta. Miró a Jacob y preguntó:

–¿Y tú?

–Por supuesto.

–¿De qué color era?

–¿El color?

–De tu cometa.

–¡Oh! Naranja, con el número 01.

–¿Por qué 01?

Él la miró como si ella no supiera nada.

–El General Lee.

–¿General Lee?

–Sí. *The Dukes of Hazard*. Bo Duke, Luke Duke, Daisy Duke.

–El show de televisión –dijo ella como comprendiendo por fin–. He oído hablar de él.

–¿Pero no lo has visto nunca? –dijo él, incrédulo–. ¡Dios mío! ¡Has vivido aislada del mundo!

–Yo diría más bien que he vivido un mundo de agenda.

Pensó en las clases particulares después del colegio, en las actividades de los sábados.

–Ballet, piano, cotillones... –enumeró Clair.

–¿Cotillones?

–Bailes formales para gente joven –le explicó ella.

Jacob se estremeció.

–Preferiría otra tortura, antes que eso.

Ella se rio.

–Algunas veces era una verdadera tortura, si te tocaba el compañero equivocado. Eso sí, aprendíamos modales y formas de comportarse en sociedad y en situaciones de etiqueta.

–¿Sí? ¿Como cuáles?

Clair se sentó muy erguida y alzó la barbilla.

–Presentaciones, para empezar. «Señor Carver, le presento a la señorita Widebottom. Señorita Widebottom, este es el señor Carver».

–¿Estás bromeando, no?

–En absoluto. Entonces, señor Carver, usted le preguntaría a la señorita Widebottom si desea una copa de ponche. «¡Oh, sí, señor Carver!, me encantaría una copa de ponche» –Clair pestañeó–. Después de que le sirves la copa, le preguntas si desea una pasta. Una vez que tienes la copa y las galletitas, empieza la conversación.

–¿Quieres decir que no puedes comerte las pastas simplemente?

–¡No, por Dios! Tienes que hablar primero. Es necesario que tu acompañante entre en la conversación. «Señor Carver, lleva una camiseta muy bonita. ¿Es de Tommy Hillfiger, por casualidad?»

Jacob sonrió ligeramente.

–¡Oh, no, señorita Widebottom, es de Sidewalk Sam.

–No conozco a ese diseñador –dijo Clair–. ¿Es de Nueva York o de París?

–Es del Bajo East Side. Sam suele estar en una esquina desde el mediodía hasta las seis de la tarde, todas las tardes. Tres camisetas por doce dólares, pero si le dices que me conoces, te hará descuento.

Fue la primera vez que Jacob oyó reír a Clair de verdad. Y el sonido le hizo cosquillas en la piel. Pero la sonrisa de sus labios desapareció cuando ella volvió a mirar por la ventanilla.

–¿Alguna vez te has preguntado cómo habría sido tu vida si tu madre no se hubiera marchado?

Él lo había hecho cada tanto. Pero sabía que lo que de verdad Clair se estaba preguntando era cómo habría sido su propia vida si su madre no hubiera muerto.

Jacob se encogió de hombros y volvió a concentrarse en la carretera.

–No puedes cambiar tu vida. Es como es –dijo.

Ella agitó la cabeza.

–No es que quiera cambiarla, solo quiero que sea mejor.

–Eso ya lo hiciste ayer, cuando te marchaste de la iglesia. Hay que tener agallas para eso, Clair.

–He hecho daño a un montón de gente –contestó ella.

–¿Y si te hubieras casado con Oliver? –Jacob cambió de marcha–. ¿A quién habrías hecho daño?

Ella apartó la mirada de la ventanilla.

–A mí.

–Exacto –él le sonrió. Vio un cartel que anunciaba Ambiance, con una población de dos mil habitantes, a siete kilómetros y medio. El siguiente cartel anunciaba Perritos calientes Doug.

–Señorita Beauchamp –dijo él en tono formal–. ¿Le interesaría tomar un perrito caliente en Doug's?

Ella sonrió y se llevó una mano al corazón.

–Sí, gracias, señor Carver. Si no es mucha molestia, me encantaría tomar un perrito caliente.

Llegaron al pueblo de Plug Nickel alrededor de las siete y media aquella tarde. Mientras Jacob se registraba en el motel The Night Owl, Clair estiró las piernas en el aparcamiento. Ella había viajado siempre en avión en sus vacaciones, nunca en coche. A su madre le parecían muy incómodos los coches para los viajes.

A Clair le encantaba. Le gustaba la sensación de velocidad en la autopista, la energía del motor del coche, el cambio de paisajes.

Clair pasó la mano por la carrocería del coche negro, brillante. Tal vez se comprase un coche antiguo como aquel para ella. Pero no tan grande, por supuesto. Algo más compacto y deportivo. Un Mustang o un Corvette.

Definitivamente un convertible.

Cerca del motel sonaba música country desde un restaurante. Clair deambuló por el aparcamiento. Un cartel de neón anunciaba Weber's Bar y Grill. Una pareja de jóvenes salió del establecimiento, trayendo el olor a barbacoa y el humo de cigarrillos.

Clair miró hacia la recepción del motel. Jacob seguía esperando.

Una camioneta pasó por su lado y le silbaron. Clair se indignó ante aquel comportamiento poco galante. Pero luego se dio cuenta de que el silbido no había sido para ella, sino para una rubia platino con una falda corta de piel negra, una camiseta ajustada y tacones. Acababa de salir de una tienda que había al lado del motel. La rubia debía de tener su edad, más o menos, aunque era difícil de adivinar con todo aquel maquillaje. La chica alzó una ceja, se acomodó el escote para aumentar su ya prominente busto, y luego entró en el restaurante.

«Fascinante», pensó ella. Clair jamás había estado en un sitio como aquel. Se moría por ver cómo era por dentro. Se miró la ropa que llevaba puesta, los pantalones negros, la camiseta rosa y las sandalias, y pensó que podría ponerse ropa más apropiada. Pero no tenía nada parecido a lo de la rubia. Además, ella solo quería echar un vistazo.

Se asomaría por la puerta un momento, se dijo, miraría y saldría otra vez.

El interior era extremadamente oscuro, iluminado apenas con los carteles de neón con la marca de las cervezas, pero tenía aire acondicionado. Clair esperó a acostumbrarse a la oscuridad. Había cáscaras de cacahuetes y serrín en el suelo de cemento. La gente, joven en su mayoría, lo llenaba de pie y sentada en sus mesas. Entre las conversaciones se oía un partido de béisbol transmitido por una televisión que había por encima de la barra, y una máquina automática de música sonaba con una canción de una chica llamada Norma Jean Riley, que era casi imposible de oír. Había cigarrillos encendidos encima de la barra, pero donde servían la comida parecía no haber tabaco. Olía a barbacoa, y eso le recordó a Clair que no comía desde que habían parado en Ambiance a comer un perrito caliente.

Nadie de las mesas pareció notar su presencia, pero hombres y mujeres de la barra se dieron la vuelta.

Era hora de marcharse, se dijo.

Se dio la vuelta y se chocó con un hombre alto de cabello negro, que estaba entrando en el bar.

—¡Uh! —el hombre puso las manos en su hombro para sujetarla.

—Perdone —ella intentó soltarse, pero el hombre no la soltó y le sonrió.

—¿Qué prisa tienes, guapa? —preguntó con una voz rota.

Un hombre grande, con una camiseta en la que ponía: *Mad Dog Construction*. Era apuesto, pensó Clair, pero no quería sus manos encima.

—Lo siento mucho. Si me disculpa, me estaba marchando.

—Aceptaré tus disculpas si aceptas una copa.

—Gracias, pero me temo que ya tengo planes.

—Puedes llegar un poco tarde —insistió el hombre, sujetándola aún—. Viene bien de vez cuando hacer esperar a un chico.

—Es a ti a quien no te vendrá bien —se oyó una voz por detrás de ellos.

El hombre soltó a Clair y se dio la vuelta para mirar a Jacob.

—¡Eh! Lo siento, chico —dijo el extraño—. No tiene nada de malo que lo haya intentado...

Jacob se acercó a Clair y tomó su brazo.

–Mejor que lo intentes en otro sitio.

–Seguro –dijo el hombre, aunque no pudo reprimir una última mirada a Clair cuando pasó por su lado.

Clair dejó escapar la respiración que había contenido y miró a Jacob.

–¡Menos mal que has...!

–¿Estás loca? ¿Cómo se te ocurre entrar a un sitio como este tú sola?

–¿Qué tiene de malo?

–Evidentemente, no lo has pensado. ¡Quién sabe qué habría sucedido si yo no te hubiera visto fisgoneando y hubiera venido a buscarte!

–¡No estaba fisgoneando! Y no habría sucedido nada. Ese hombre era amable...

Jacob frunció el ceño.

–¿Te parece amable un hombre que te pone las manos encima y no te suelta?

–No miré por dónde iba y me choqué con él –replicó Clair–. Y tú también me has puesto las manos encima, por si no te das cuenta.

¡Claro que se daba cuenta! Llevaba un día terrible intentando concentrarse en las curvas de la carretera en lugar de concentrarse en las de la mujer que iba a su lado en el coche. Un día entero intentando aferrar las manos al volante en lugar de ponerlas encima de ella.

Jacob la soltó y empezó a darse la vuelta.

–Salgamos de aquí –dijo.

–Yo quiero quedarme.

Él se quedó petrificado. Se dio la vuelta y preguntó:

–¿Qué?

–Ya estamos aquí –Clair se cruzó de brazos y alzó la barbilla–. La comida de este lugar huele muy bien y tiene buen aspecto. No veo por qué no podemos comer aquí.

Él podría haberle dado más de diez razones, todas ellas sentadas en la barra, mirándola. Jacob sabía que si hubiera sido él quien hubiera estado sentado en la barra también la habría mirado.

Cuando había entrado y había visto a ese tipo con las manos puestas en Clair había tenido ganas de darle un puñetazo, lo que habría sido poco acertado, teniendo en cuenta que había un par de tipos en la barra que hubieran intervenido para ayudar a su amigo.

Afortunadamente el tipo se había echado atrás.

–Hay un bar bajando la calle. Es más tranquilo y... –empezó a sugerir, tenso.

–¿Una mesa para dos? –una morena menuda con una carta en la mano se acercó a ellos y tuvo que gritar para que la escuchasen en medio de aquel ruido.

Clair asintió a la camarera, y la siguió entre la multitud hasta una mesa en el centro del local.

«¡Maldita sea!», murmuró entre dientes Jacob, pisando cáscaras de cacahuetes con sus botas mientras seguía a Clair.

–Hoy tenemos un par de menús especiales –la camarera dejó la carta en la mesa–. ¿Qué van a beber?

Jacob se sentó en la silla.

–Black Tan con coca–cola.

–Dos Black Tan con coca–cola, por favor –dijo Clair, sentándose recatadamente.

Jacob frunció el ceño.

–¿Sabes acaso lo que es un Black Tan?

–No, pero espero que esté frío. Tengo mucha sed –Clair tomó la carta.

Jacob suspiró y rogó tener paciencia.

Pidieron dos menús especiales cuando la camarera les llevó la bebida. Clair alzó el vaso delicadamente, y Jacob hizo lo mismo.

Ella bebió, hizo un gesto de escalofrío, y otro de desagrado.

–A veces tienes que degustarlo un poco para poder tragarlo –Jacob sonrió y sorbió su oscura cerveza–. Después de varios sorbos, te acostumbras al gusto.

Clair cerró los labios dibujando una línea recta, cerró los ojos y tragó.

A Jacob le hubiera gustado tener una cámara de fotos. Estaba a gusto en aquel momento. Era lunes por la noche, pero había bastante gente. Claro que no debía de haber muchos sitios adonde ir en Plug Nickel. Al fondo del local había dos mesas de billar con gente jugando.

La camarera les llevó dos platos repletos de comida. Un chico sirvió una jarra de agua fría, que casi derramó por mirar a Clair. Esta agradeció su servicio y el chico sonrió torpemente. Luego, se marchó tropezándose con sus propios pies.

¿Realmente no se daba cuenta del efecto que causaba en los hombres?, se preguntó Jacob.

Sabía que había vivido confinada en una vida de privilegios y cultura, que su vida había sido organizada para casarse con el hombre que debía ser su marido, pero aun así, ¿no se daba cuenta de lo atractiva que era? Él sabía por los documentos a los que había tenido acceso que su padre había sido cherokee y su madre galesa. Aquella mezcla había creado una combinación exótica, llena de sensualidad morena que hasta a un monje le habría hecho olvidar sus votos de castidad.

La observó tomar otro trago de cerveza, sentir un escalofrío, luego probar la comida con un gesto de placer casi sexual... A Jacob se le secó la garganta...

Clair debía de estar tomándolo por tonto. ¡No podía ser tan inocente como parecía!

Jacob se concentró en la comida, decidido a no dejarse atraer por ella.

Cuando anunciaron que era noche de karaoke, él se alegró de la distracción que supondría, aunque la primera voluntaria tenía una voz inaguantable. Clair estaba fascinada.

Después de que subieran al improvisado escenario varios voluntarios, Clair dijo:

–Deberías intentarlo. Tienes una voz bonita.

Jacob la miró como diciéndole «Ni loco». Ella sonrió, apartó el plato y se puso de pie. Él pensó por un momento que Clair iba a subir al escenario a cantar, pero ella se excusó y fue al servicio. Jacob observó el ritmo de sus caderas al caminar y puso cara de disgusto cuando vio que varios hombres la miraban igual que él.

Mordió la hamburguesa. ¿Qué le importaba que la mirasen otros hombres? Ella no estaba con él, no estaban saliendo ni nada de eso. ¡Eh! ¿Qué le pasaba? Ni siquiera cuando había estado saliendo con alguien se había preocupado de que su ligue saliera con otros...

Jacob terminó la comida y la segunda cerveza,

pero Clair aún no volvía. Se dijo que no estaba preocupado, solo molesto. Muy molesto.

Con gesto contrariado, pagó la cuenta y se dirigió hacia el aseo de señoras.

Se relajó un poco cuando la encontró de pie al lado de otra mujer. Estaba mirando un juego de billar. Entre silbidos y gritos de sus animadores, había alguna apuesta.

La compañera de Clair, una rubia de falda corta de piel negra, camiseta roja escotada y ajustada, y zapatos de finísimo tacón con cuya aguja se podría haber cortado hielo, le estaba explicando algo a Clair mientras gesticulaba hacia la mesa de billar. Clair escuchaba atentamente. Cuando Jacob apareció, la rubia lo vio primero. Iba vestida como para no pasar desapercibida. Jacob le devolvió la sonrisa cuando la rubia le sonrió, pero solo por costumbre, no por interés. Era una chica atractiva, pero al lado de Clair, palidecía.

Jacob rodeó los hombros de Clair, tanto para llevársela de allí como para que quedase claro con quién estaba ella. Jacob dudaba que los cotillones le hubieran enseñado a Clair cómo eran los bares de solteros. Notó que se ponía rígida, y vio el reproche en su mirada cuando ella se dio cuenta de quién le había puesto el brazo en los hombros. Pero no se apartó.

–Jacob, esta es Mindy Moreland. Mindy, Jacob Carver.

Jacob asintió con la cabeza. Mindy alzó su vaso de cerveza hacia él y sonrió.

–Mindy es encargada de limpieza de The Night Owl –dijo Clair como si se tratase de un empleo fascinante–. Nos hemos conocido en la sala del motel y le he contado que nosotros nos hospedamos allí.

Gritos de júbilo les hicieron volverse hacia la mesa de billar. Mad Dog era el ganador. Mindy corrió a abrazar al trabajador de la construcción, y el perdedor pidió cerveza para todos. Al otro lado del restaurante, un hombre estaba cantando «Pretty Woman», de Roy Orbison.

Jacob decidió que se tenían que marchar de allí inmediatamente.

Sujetó a Clair con fuerza, bajó la cabeza y susurró a Clair al oído:

–Vámonos.

–Ve tú.

–¿Qué?

–Yo voy a quedarme un rato más. Te veré por la mañana.

–¡Maldita sea, Clair! ¡Este no es un lugar para que una chica decente se quede sola!

–Mindy es una chica decente y está sola. Vamos a jugar al billar.

Jacob miró a Mindy y cómo le daba un beso a Mad Dog, pero se calló su opinión sobre la chica.

–Bien. Jugarás conmigo un juego de billar. Si gano, nos marcharemos –dijo Jacob.

–De acuerdo. Pero si gano yo... –ella dudó, luego sonrió–, tendrás que cantar en el karaoke. Y yo escogeré la canción.

–En absoluto.

–¿O sea que crees que te ganaré? –arqueó una ceja.

Él notó el desafío en la voz de Clair, y supo que tenía que marcharse y dejarla. No era asunto suyo que ella quisiera quedarse en un bar y jugar al billar. ¿Acaso no era una adulta? ¿Y no aprendería de los errores?

Pero no podía hacerlo. Se sentía responsable. Sus hermanos le habían pagado para encontrarla. Clair le había pagado para llevarla a Wolf River. Él tenía obligación de llevarla allí sana y salva.

Y además, él jamás había rechazado un desafío. En diez minutos se marcharían.

–De acuerdo.

Eligieron una mesa y dos palos de billar. Mindy estaba excitada con el juego y puso las bolas en la mesa. Jacob pensó ofrecerle el tiro inicial a Clair, incluso darle ventaja, pero al ver la cara de Mad Dog deseando suerte a Clair, decidió que no tendría piedad.

–Veremos quién empieza –dijo Jacob.

Cuando Clair lo miró, confusa, Mindy le explicó el término. El que tocase el borde opuesto de la mesa y llegase lo más cerca posible a la banda opuesta, tenía la serie.

Jacob tiró. Sonrió confiado al ver que su bola quedaba a tres centímetros. Clair tiró y quedó a dos centímetros.

«Suerte», pensó Jacob, pero no le preocupaba. Necesitaría algo más que suerte para ganarle.

Cuando ella se inclinó y movió sus caderas para ponerse en posición, Jacob intentó concentrarse en el juego.

Cuando Clair tiró y golpeó tres bolas, dos lisas y una rayada, Jacob achicó los ojos.

«Demasiada suerte», pensó.

–¿Qué hago ahora? –preguntó Clair a su nueva amiga.

–Elige lisas o rayadas –dijo la rubia.

Para colmo, una multitud se había juntado alrededor de ellos. Cuando Clair eligió las rayadas, claramente dándole ventaja, él la miró con desconfianza.

De manera perfecta, Clair golpeó la bola catorce, luego la doce.

Jacob sudó como un animal cuando la vio golpear la bola nueve.

Nadie podía tener tanta suerte, ¡demonios!

Clair lo había hecho caer en una trampa.

Él consiguió un *break* en el siguiente tiro, cuando el ruido de un cristal roto distrajo a Clair. No era tonto. Hizo que contase cada tiro. Golpeó cuatro bolas, pero perdió la bola uno en una serie doble. La recogería en el siguiente tiro.

No tuvo la oportunidad.

Incrédulo, observó cómo Clair colocaba las bolas que le quedaban y golpeaba la bola ocho.

Le había ganado.

Hubo silbidos y gritos de alegría alrededor de la mesa. Mindy abrazó a Clair, Mad Dog la felicitó. Jacob miró la escena: era surrealista. Luego, miró a Clair y le dijo:

–Habías jugado al billar antes.

Ella agitó la cabeza.

–Solo *snooker* con mi padre. Él es muy bueno.

«¿Muy bueno?», Jacob alzó una ceja.

Clair dio su taco a Mindy, luego, rodeó la mesa y se acercó a él.

–No vas a echarte atrás en la apuesta, ¿verdad?

–Terminemos con esto de una vez –dijo Jacob.

Era justo que lo dejara salvarse de aquello. Ella había jugado *snooker* desde que era una cría, y era más que buena en ello. Aunque las reglas y estrategia eran completamente distintas a las del billar, la forma de golpear las bolas era igual. También sabía que él no se había imaginado que ella pudiera ganar, y que por ello había jugado desprevenido y que no había puesto toda su habilidad en el juego.

Tal vez no fuera justo que le hiciera pagar la apuesta. ¿No era suficiente con que ella fuera la ganadora y pudiera permitirse la gracia de dejarle un poco de dignidad?

Clair miró la cara de rabia de Jacob.

No... No sería tan buena con él.

Clair lo tomó del brazo y lo llevó al escenario.

Jacob miró la lista de canciones: Dylan, Sinatra, Morrison, Stewart...

Clair eligió y se la dio. Luego, se dio prisa para sentarse entre la multitud que se había reunido para escucharlo.

La música empezó a sonar. Mad Dog le dio un vaso de cerveza desde la fila de delante. Jacob sorbió y se la devolvió. Subió al escenario, agarró el micrófono y empezó:

–«Love me tender...»

Las mujeres se volvieron locas al oírlo cantar moviendo sus caderas.

Capítulo Cinco

Clair se despertó al día siguiente con la música de Elvis Presley en su cabeza. Después de *Love Me Tender*, la gente había insistido en que cantase otra canción de Elvis. Jacob había hecho todo lo posible por negarse, pero no lo habían dejado. Si no hubiera cantado otra canción, las mujeres no lo habrían dejado salir vivo de allí.

Todo el mundo se había entusiasmado con él, y había terminado coreando sus canciones y bailando al ritmo de Elvis.

Jacob Carver era una caja de sorpresas, y de contradicciones, pensó Clair.

Le decía constantemente que no era su niñera, pero desde que la había encontrado en el bar con David, o Mad Dog, como le llamaba él, no se había despegado de ella.

Lo había visto mirar con mala cara a todos los hombres que la habían mirado de un modo que no le había gustado. Clair no sabía si se alegraba o no de que los hombres se hubieran mantenido a distancia. Evidentemente no la habían educado para rodearse de solteros bebedores de cerveza.

Pero nunca se lo había pasado tan bien. No había tenido que preocuparse por protocolos ni por nada. Solo de divertirse.

No obstante, no había sentido que ella encajara totalmente en aquel lugar. Ni en ninguno, tal vez.

Nunca se había sentido cómoda en los bailes de caridad, como si ella no hubiera pertenecido del todo a aquel ambiente.

Siempre le había faltado algo. No el amor de sus padres, que había sido profundo por ambas partes.

Era algo difícil de aprehender, como la brisa, o un sueño que no podía recordar.

Sabía que no había nada de la niñez que pudiera borrarse por completo. Había estudiado Psicología en la universidad, y había pasado sus dos primeros años con otra familia.

Imágenes de otra casa, de otra gente, de otras risas acudían a su mente... No sabía si era el deseo de invocarlas o los recuerdos...

Su corazón se aceleró. Se levantó, se puso la bata y golpeó la puerta que conectaba su habitación con la de Jacob.

Jacob se tapó la cabeza con la almohada.

—Vete —le gritó él. ¡Aquella mujer se despertaba terriblemente temprano!

Oyó abrirse la puerta.

—Jacob, lo siento... Pero es que tenía que decírselo a alguien...

—Ve a decírselo al conserje. Hace un momento andaba manipulando algo ahí fuera. Estoy seguro de que le gustará escuchar cómo me timaste anoche.

Ella se arrodilló al lado de la cama.

—Te dejé ganar el segundo juego, ¿no?

—¡Me dejaste ganar! —Jacob sacó la cabeza de debajo de la almohada—. ¡Te gané en toda regla!

–De acuerdo. Pero no es de eso de lo que quiero hablarte. He recordado algo.

–¿Me has despertado para decirme que te has acordado de algo? –Jacob apretó los puños en lugar de ahorcar a Clair. ¡Con lo fácil que sería arrastrarla a la cama!–. Una mujer tan bien educada como tú debería saber que es un poco grosero hacer eso.

–Es sobre mi familia –aunque tenía ojos de sueño, estos brillaron en la luz de la mañana–. Sobre mi familia biológica.

–¿Tu familia biológica? –Jacob se apoyó en un codo–. ¿Te has acordado algo de cuando tenías dos años?

–Solo un fragmento –dijo ella sin aliento–. Una imagen borrosa.

Jacob se sentó y se pasó la mano por el pelo.

–Es posible que tu imaginación... Si tenemos en cuenta que...

–No fue mi imaginación. Sé que parece extraño, pero estábamos afuera con mucha gente, había nubes rosas, una mujer con ojos como los míos, dos niños pequeños. Era real, Jacob, lo sé.

«¿Nubes rosas? Curioso...», pensó él.

Aunque Jacob sabía algunas cosas sobre la pequeña Elizabeth, le habían dicho que no le dijera más de lo necesario. Sus hermanos habían decidido que fueran ellos quienes le dieran los detalles y compartiesen los recuerdos con ella.

Pero Jacob sintió que Clair necesitaba saber. Que era importante para ella.

–Tú estuviste en una feria del condado el día en que tuvisteis el accidente –dijo Jacob. Ella lo miró–. En las ferias venden algodón dulce color rosa.

–Las nubes rosas –susurró ella, y apoyó la frente en el borde de la cama–. Mis hermanos... Rand y Seth...

–¿Qué pasa con ellos?

–¿A ellos también les cambiaron los nombres?

–Como eran mayores cuando los adoptaron, solo cambiaron el apellido. En lugar de llamarse Blackhawk se llaman Rand Sloan y Seth Granger.

–Blackhawk... –murmuró ella–. Me suena tan familiar... Como si fuese mío... –se puso una mano en el corazón.

Él vio las lágrimas en sus ojos, y cómo pestañeaba furiosamente para borrarlas.

–¡Eh! –le tomó la barbilla y la obligó a mirarlo–. ¿Por qué lloras?

–Yo... Jacob, ¿qué pasa si no les gusto?

–¿De qué estás hablando?

–¿Qué pasa si no encajo con ellos? ¿Qué ocurre si después de que me vean, no soy la hermana que recuerdan?

«¿Qué diablos importa?», le hubiera gustado responder. Pero veía que a ella sí le importaba, y mucho. Sintió algo en su pecho al mirarla, algo que no conocía. Y no le gustaba nada.

Sintió el deseo irresistible de arrastrarla a su cama, de hacerla olvidarse de todo...

Pero se reprimió de hacerlo. Nunca se había aprovechado de la vulnerabilidad de una mujer. Y, ¡maldición!, no iba a hacerlo en aquel momento.

Con una mezcla de suspiro y juramento, extendió la mano. Ella se puso rígida al sentir su tacto, pero él tiró y la hizo sentarse en la cama, a su lado.

—Relájate, Clair —la estrechó en sus brazos—. No voy a hacerte nada.

—Eso ya lo he oído alguna vez —dijo ella, pero apoyó la cabeza en su pecho—. Generalmente uno o dos minutos antes de oír: «Solo quiero abrazarte».

Jacob sonrió; recordaba haber dicho aquello alguna vez durante su adolescencia.

—Solo voy a abrazarte. Si tuviera intención de hacer algo más, lo sabrías.

—¿Sí?

—Sí.

Ella se relajó.

—Sé que es una tontería preocuparme por el hecho de que les guste o no a Ran y a Seth, si ellos quieren que yo sea parte de sus vidas. Solo que siempre he querido tener una hermana o un hermano...

—Tal vez debiera preocuparte que ellos te gusten —le dijo Jacob, y le puso un mechón detrás de la oreja.

—Quizá.

La respiración contra su pecho, su mano en su brazo... A Jacob le dio un vuelco el corazón.

Aquello había sido mala idea, pensó.

Había razones para que no cedieran a lo que ambos deseaban. Pero sintiéndola así, tan cerca...

Clair no llevaba casi nada debajo de la bata, y él estaba desnudo... Le resultaría difícil recordar esas razones...

Apretó los dientes, agarró los brazos de Clair y la apartó.

—Deberíamos marcharnos —dijo Jacob.

–¿Qué? –ella lo miró con el mismo deseo que sentía él.

–Es tarde, Clair. Tenemos que irnos.

–¡Oh! Por supuesto. Voy a... prepararme –se puso colorada.

–Buena idea.

Ella se levantó de la cama, dudó, se dio la vuelta y se dirigió a su habitación.

–¿Clair?

Ella miró desde la puerta.

–No me dejaste ganar anoche, ¿no es cierto?

Ella sonrió.

–Por supuesto que no. Como tú dijiste, me ganaste en toda regla.

Él frunció el ceño cuando ella cerró la puerta. Luego gritó:

–¡Te derroté! ¡Maldita sea!

La oyó reírse al otro lado de la puerta. Jurando, Jacob se destapó y se fue al cuarto de baño, preguntándose qué había hecho para merecer a Clair Beauchamp.

Una hora más tarde Jacob estaba devolviendo las llaves del motel. Clair estaba en el aparcamiento con Mindy. La encargada del Night Owl parecía una mujer diferente de la despampanante rubia que había conocido la noche anterior. A Clair le pareció más guapa sin tanto maquillaje. Parecía más joven.

–Llámame cuando llegues a Wolf River –le dijo Mindy, después de que Clair le contase el motivo de su viaje a Wolf River–. Me muero por saber lo que pasa.

–Estoy un poco nerviosa de conocer a mis hermanos, pero muy excitada también.

–No estoy hablando de tus hermanos, aunque también quiero saber lo que ocurre. Hablo de Jacob y tú.

–¿De Jacob y yo? No hay nada entre nosotros.

–Bien –Mindy se rio–. Es por eso que anoche no te quitaba la vista de encima, ¿no? A no ser que fuera para dejar claro que ya tenías compañía...

–No estamos... No estábamos... No estamos juntos de ese modo... Tenemos una relación de trabajo.

–No sé si me quieres convencer a mí o a ti misma –Mindy arqueó una ceja–. Pero yo sé cuándo un hombre está interesado, y créeme, él está definitivamente interesado.

Clair miró hacia la oficina del motel donde Jacob estaba pagando la cuenta.

El día antes, cuando estaba pensando que él no se sentía atraído por ella, la había besado y le había dicho que le costaba no tocarla. En cambio, aquella mañana, cuando ella se había echado prácticamente en sus brazos, la había rechazado. Aquel hombre la confundía...

–Creo que me ve como una responsabilidad –dijo Clair agitando la cabeza–. Como un paquete que tiene que entregar. Un paquete con un cartel de «Frágil» cubriéndolo todo.

–Bueno, entonces tal vez tengas que volver a envolver ese paquete –dijo Mindy–. Demuéstrale que no te romperás tan fácilmente.

Clair se rio, observó a Jacob saliendo del motel, ponerse las gafas de sol, y dirigirse hacia ellas.

–¡Maldita sea! –exclamó Mindy al ver que se acercaba–. Es un hombre muy sexy.

Clair estaba de acuerdo; era todo masculinidad.

–¿Estás lista? –sacó las llaves del bolsillo.

Clair se volvió hacia Mindy y la abrazó mientras Jacob ponía en marcha el coche.

Saludaron a Mindy, compraron café y bollos en un bar de paso y dejaron atrás Plug Nickel.

–¿Qué se le antoja hoy, señorita Beauchamp? –Jacob sorbió el café–. Hay un pueblo con tu nombre.

Mientras comía el bollo, Clair miró el mapa que había en la guantera. Después de ver varios nombres, alzó la mirada y dijo sonriendo:

–Liberty, Louisiana.

–Pierdes líquido por la bomba de agua. Probablemente no cierre bien algo –el mecánico de la estación de servicio, Odell, estaba inclinado sobre el capó del coche de Jacob–. Es una suerte que el motor no se haya recalentado.

Jacob estaba de pie al lado del mecánico de mediana edad. Se reprimió un juramento que le llegó a la punta de la lengua.

Apenas habían pasado Liberty cuando empezó a calentarse el manómetro. Habían conducido todo el día, con breves paradas en pueblos que llamaban la atención de Clair. Para cuando llegaron al pueblo, el coche estaba envuelto en una nube de humo.

–¿Cuánto tardará? –Jacob miró en dirección a la oficina de la estación de servicio, donde Clair

había ido a buscar un aseo. Luego miró nuevamente al mecánico.

–Bueno... Son ya las dos... Puedo intentar tirar
de la bomba esta tarde.

«¿Intentar?», pensó Jacob.

–¿Y cuándo piensa que estará listo?

–Es difícil de calcular –Odell se rascó la nuca–.
Tal vez mañana... No puedo prometerlo, aunque
Gordon, mi ayudante, se ha ido a pescar esta
tarde. Estoy yo solo y tengo dolor de espalda
hoy...

–¿Y si lo ayudo yo?

Clair había visto varias tiendas en el pueblo
que la habían atraído. Jacob se alegraba de poder evitar ir de compras, y además no le gustaba
dejar que otra persona trabajase con su coche.

Odell miró a Jacob como dudando.

–¿Sabe de mecánica?

–He arreglado este coche muchas veces.

–Póngase un mono que hay en la oficina. Pí-
daselo a Tina.

La tarde estaba calurosa y pegajosa, pero
cuando Jacob abrió la puerta de la oficina, sintió
el frío del aire acondicionado y el perfume del
desodorante de ambientes.

No vio a Clair, pero detrás de un mostrador
una bonita mujer de treinta y pocos años estaba
leyendo una revista. Estaba toda de rojo, incluso
el pelo.

–¿Tina?

La mujer alzó los ojos.

–Soy yo, guapo.

–Odell me ha dicho que puedes darme un mono.

–¿Trabajas aquí ahora?

–Solo ayudo esta tarde.

–Muy mal –la mujer se inclinó hacia adelante con una sonrisa provocativa–. No es justo que sepas mi nombre y que yo no sepa el tuyo.

–Jacob Carver.

Era evidente que la chica le quería mostrar su escote.

–Yo soy Tina Holland –ella se puso de pie y movió sus caderas hacia un armario que había al fondo de su cubículo. Luego, miró por encima del hombro y preguntó–. ¿Grande o extra-grande?

Cuando la mirada de la chica se detuvo en su entrepierna, Jacob se movió torpemente y contestó:

–Extra–grande.

–Por supuesto –sonrió Tina. Sacó un par de monos y fue hacia él–. ¿Solo estás de paso por Liberty? ¿O tenemos algo de tiempo para...?

–Hola.

Jacob se dio la vuelta al oír la voz de Clair. Acababa de salir del aseo. Aunque el día era húmedo y caluroso, estaba fresca y prolija con aquella falda vaquera y aquella camiseta rosa. Había sido tan oportuna, que Jacob la hubiera querido besar.

En realidad, simplemente tenía ganas de besarla.

No había pensado en otra cosa en todo el día. En besarla. En tocarla. Se había preguntado más de una vez si llevaría puesto el sujetador de encaje blanco y las braguitas que había comprado en los grandes almacenes.

O el tanga de piel de leopardo. Pensaba mucho en ese tanga de leopardo.

Se estaba volviendo loco.

–Hola, Clair –dijo él, pero titubeó al ver que las mujeres se miraban–. ¡Ah! Clair, esta es Tina Holland. Tina, esta es Clair Beauchamp. Tina trabaja aquí.

«¡Que ridículo!», pensó Jacob. No solo había hecho una presentación formal entre la empleada de la estación de servicio y Clair, sino que había dicho algo ridículamente obvio. Era evidente que se estaba volviendo loco.

–Voy a trabajar en mi coche esta tarde –dijo, más bruscamente de lo que hubiera querido.

Clair observó a Jacob tomar los monos y marcharse. No comprendía por qué había sido tan brusco. Luego se dio cuenta de que había interrumpido la conversación con la dependienta. ¿Habría intentado ligar con la chica?, se preguntó.

Clair miró a la chica. ¿Sería ese el tipo de mujer que le gustaba?

Lo mejor que podía hacer era no mirar su ropa sencilla y su pecho tamaño normal. Hasta su maquillaje había sido conservador, comparado con el de Mindy o el de Tina.

Recordó las palabras de Mindy: «Tendrás que volver a envolver el paquete».

Observó a Jacob ponerse el mono, meterse en el coche y llevarlo hasta el taller de la estación de servicio.

–¿Puedo ayudarte en algo? –le preguntó Tina.

Clair pestañeó.

–Sí, creo que sí –contestó sonriendo.

Capítulo Seis

Llegaba tarde. Jacob miró el reloj por décima vez en veinte minutos. Clair había llamado a la habitación del motel y había quedado en encontrarse con él en el Pink's Steak House a las seis y media. Y eran casi las siete.

¿Dónde diablos estaba?

No era que estuviese preocupado. Liberty parecía un pueblo tranquilo y Jacob había visto varios coches de policía aquella tarde. Además, como Clair le había dicho que iba a ir de compras a los almacenes más importantes del lugar, y estos quedaban en la misma calle del motel, no había motivos para preocuparse.

Aunque ella tenía el don de meterse en líos...

Volvió a mirar el reloj.

No estaba preocupado, ¡maldita sea!

Repiqueteó con los dedos en la mesa del restaurante poco iluminado. Una rosa en un florero de cristal adornaba el mantel de lino.

«Un lugar agradable», pensó.

Le había gustado ensuciarse las manos con grasa nuevamente. Había estado tan ocupado en las últimas semanas, que no había tenido tiempo de andar con el motor. Solía tranquilizarlo el trabajar con el coche, aliviar el estrés de un trabajo difícil o peligroso.

Pero ese día había estado demasiado distraído como para relajarse. Y todo por pensar en Clair.

No había dejado de imaginar escenas eróticas con ella... a pesar de estar debajo del coche lleno de grasa. ¿Cómo iba a hacer para aguantar tres o cuatro días más?

La camarera, una rubia atractiva, le sirvió una segunda cerveza.

La observó alejarse. Mujeres bonitas a su alrededor, con experiencia en el sexo contrario; mujeres con las que normalmente hubiera coqueteado en otra situación... Agitó la cabeza.

Clair no era el tipo de mujer por la que solía sentirse atraído. Era ingenua, inocente, conservadora...

¿Sexy?, se preguntó.

Casi se atragantó con el sorbo de cerveza al verla venir hacia él.

¡Dios santo! ¿Qué había hecho Clair?

Su ajustada falda negra debería de haber sido ilegal en algunos estados. Aunque pasaba la rodilla, la abertura que tenía a un lado parecía ir de los pies al cuello. Llevaba los labios pintados de rojo, del mismo color que la blusa. Su cabello, normalmente liso, caía en rizos alrededor de su cara y por encima de los hombros.

Sus ojos estaban maquillados, y su piel brillaba.

Lo miró con mirada turbia al acercarse, mostrando toda la pierna en cada paso.

Un camarero que la vio pasar se chocó con una silla y casi tiró el contenido de la bandeja encima de un cliente.

Jacob se dio cuenta de que el resto de los hombres del local también la miraban.

¿Qué quería hacer? ¿Causar un disturbio?

Jacob apretó el vaso cuando ella se sentó frente a él.

–Hola –lo saludó.

«¿Hola?», pensó él. ¿Entraba en el restaurante como una diosa del sexo y lo único que decía era «hola?

Jacob achicó los ojos. Aspiró su fragancia, a su pesar. ¡Maldición! Olía a sexy también.

–Siento llegar tarde. Me he retrasado haciendo las compras. Luego, he ido a la peluquería y les he pedido un cambio de *look*. ¿Qué te parece?

¿Que qué pensaba? Que le sería muy fácil meter la mano por esa abertura, llegar a su ropa interior, quitársela y estar dentro de ella en cuestión de segun...

–Buenas noches –un camarero se acercó a ellos y miró a Clair–. Mi nombre es George y seré quien les sirva esta noche. ¿Puedo traerles algo de beber?

–Hola, George –dijo Clair–. Tal vez una copa de vino...

–Tenemos un *chardonnay* de la casa que es excelente –George sacó una lista de vinos de su bolsillo–. Y un pinot chileno de 1995 que estoy seguro de que les gustará.

–Algo más consistente –dijo Clair–. Y con cuerpo.

Cuando el camarero miró el pecho de Clair, Jacob sintió un tic en el rabillo del ojo.

George pestañeó y tragó saliva visiblemente.

–¿Un *merlot* o un *cavernet*?

–Escoja usted –dijo Clair con una sonrisa.

—Gracias —el camarero se puso colorado. Luego carraspeó–. Sí, lo haré. Quiero decir, elegiré algo bueno.

Jacob decidió que si el hombre seguía mirando a Clair de aquel modo le haría tragar sus dientes.

Cuando el camarero se marchó, Jacob la miró achicando los ojos y dijo:

—Creí que ibas a comprar antigüedades hoy.

—Cambié de opinión. Fue una de esas cosas que decides por impulso.

Jacob miró su cara para no mirar sus pechos asomados al escote, por encima de un sujetador de encaje negro.

—Era parte de tu plan, no tener plan.

—Exactamente.

George llevó el vino, pero desapareció enseguida después de que Jacob lo mirase con cara de asesino.

Clair levantó la copa y bebió.

—Debes de tener hambre. ¿Qué hay de bueno en la carta?

Lo bueno estaba fuera de la carta, pensó Jacob. La hubiera devorado entera. Se excitaba con solo ver el contacto de sus labios con el borde de la copa. Siempre había sido un hombre capaz de controlar sus instintos, y lo molestaba que Clair lo descontrolase.

Decidido a que todos los hombres del local supieran que ella no estaba al alcance de nadie, Jacob miró alrededor. Varios hombres bajaron la cabeza cuando vieron su gesto de malhumor. Satisfecho, Jacob volvió a sumergirse en la lectura de la carta.

Clair miró a Jacob. Pensó decirle que la carta estaba al revés, pero su cara de perro guardián se lo desaconsejó. ¡Dios! ¡Tenía un humor de perro, realmente!

No era la reacción que había esperado.

El camarero volvió y pidieron la comida. Luego, Jacob se excusó y fue al aseo.

Clair bebió vino. Estaba decepcionada. Había aguantado horas en la peluquería para que la peinasen y la maquillasen, ¡y encima se iba a agarrar una pulmonía con aquella abertura de la falda! ¡Todo para nada! Si alguna vez había estado agradecida a su educación y entrenamiento en la buena compostura había sido aquel día. Se había sorprendido de poder caminar con aquellos zapatos y aquel atuendo, con la frente alta y sin caerse.

Lo que antes le había parecido un valiente plan para atraer a Jacob ahora le parecía una estupidez.

Tina le había aconsejado la ropa, y la peluquera, cuando le había dicho que quería estar muy sexy, la había agarrado por su cuenta.

El selecto salón de belleza y peluquería al que ella solía ir servía menta helada y ponía música de Beethoven. En cambio, la peluquería en la que acababa de estar era ruidosa e incómoda, y un lugar donde no se hablaba más que de cotilleos.

Había habido una discusión acerca de su atuendo. No todas opinaban lo mismo de su ropa. Pero al final habían estado de acuerdo en que era ideal para atraer al más rudo y masculino de los hombres.

Pero no había resultado. Sin embargo, cuando había entrado al restaurante, hubiera jurado que él la había mirado con deseo, con abierta lascivia. Pero luego, cuando se sentó frente a él, se había mostrado terriblemente malhumorado.

Tal vez debiera darle algo más de tiempo. Quizá estuviera pensando en el arreglo del coche... Al fin y al cabo, ella había tardado veinticinco años en seducir a un hombre. Podría esperar unos minutos más antes de... echársele encima.

Evidentemente había sido demasiado sutil. Las mujeres que sabían lo que querían eran más directas. Se abrió otro botón del escote y se acomodó la blusa para que se viera el borde del sujetador de encaje negro. Si necesitaba que fuera directa, lo haría.

Él llegó cuando trajeron la comida. Ella notó su paso inseguro cuando la divisó. Luego, se sentó a la mesa y revolvió la comida.

Ella mordió el pollo.

–Está muy tierno... –dijo–. ¿Quieres probar?

–No, gracias.

–¿Estás seguro? –tomó otro bocado y suspiró de placer–. ¡No sabes lo que te estás perdiendo!

–Bien, lo probaré –respondió él, tenso.

Ella sonrió y le ofreció un bocado. Su corazón se detuvo cuando él cerró la boca alrededor del tenedor.

Fue lo más erótico que había experimentado en su vida. Su corazón empezó a acelerarse.

Y estaba segura de que también había provocado una reacción en Jacob; la que ella quería.

–¿Qué opinas? –preguntó Clair, sorprendida de que le hubiera salido la voz.

Él la miró interminablemente. Se encogió de hombros.

—Está bien.

—¿Solo eso?

—Tal vez un poco más que bien.

¡Qué duro era!, pensó ella. ¿Qué tenía que hacer? ¿Quitarse la ropa?

—Gracias por venir a cenar conmigo, Jacob —forzó una sonrisa—. Pero si me disculpas, estoy un poco cansada. Creo que regresaré al motel.

Él apartó su plato, pero Clair agitó la cabeza.

—Sigue con la cena. Termina la comida. Te veré por la mañana.

—Pediré...

—No te preocupes por mí —se levantó del asiento—. Puedo volver sola. Tómate tu tiempo.

Se marchó deprisa. No le temblaron las rodillas como al entrar. Sorprendentemente, se sentía cómoda en su propia piel.

Estaba en la entrada del restaurante cuando oyó la voz de una mujer llamándola. Era Bridgette, la peluquera, que la estaba saludando con la mano desde un rincón oscuro del salón reservado. Estaba con un grupo de hombres y mujeres.

Dudó un momento. Una opción podía ser ir al motel, ponerse el pijama y mirar la televisión; otra, pasar la noche con Bridgette y sus amigos.

Clair sonrió y se dirigió hacia el salón reservado.

¿Dónde diablos estaba Clair?

Jacob no dejaba de caminar de su habitación a

la habitación de Clair. El restaurante estaba a pasos del motel, así que no podía haberse equivocado de camino.

¡Maldición! ¿Y si alguien la había seguido y la había asaltado? Con el aspecto que llevaba no era difícil que hubiera provocado algún incidente, e incluso algún accidente de tráfico.

No era que no le hubiera gustado cómo estaba. Tendría que haber estado muerto para no apreciar la sensualidad que emanaba de ella.

Pero no comprendía el motivo por el que había cambiado su aspecto tan radicalmente. ¿A quién querría impresionar en aquel pequeño pueblo?

De pronto se le ocurrió dónde podría encontrarla.

–Y los niños dijeron: «No hay problema. Hillary agarró mi mochila».

La gente rio la broma de Bridgette. Clair también. Estaban contando chistes, y lo que había comenzado como una reunión de un grupo pequeño se había duplicado. Los que se iban agregando contribuían contando otro chiste, algunos subidos de tono.

Se había sentido bien con los amigos de Bridgette, después de sufrir la indiferencia de Jacob. Un par de hombres habían demostrado interés por ella, pero si bien aquello le había servido para aumentar su autoestima, no le habían interesado.

Solo tenía a un hombre en su mente. Quería estar con un solo hombre.

Y había fallado en atraerlo, aun cambiando por completo su aspecto.

De ahora en adelante, dejaría que su corazón le dictase quién era ella. No se dejaría influir por nadie. Y menos por un detective privado de Nueva Jersey.

El novio de Bridgette estaba contando un chiste. Clair bebió el cóctel que Bridgette le había recomendado. No solía tomar alcohol, pero tal vez no le viniera mal estar un poco alegre para sacarse a Jacob de la cabeza.

Vio que una banda se instaló a un lado del salón. ¿Y si bailaba un poco?

No. Suspiró y dejó la copa en la mesa. Si bebía, se arrepentiría más tarde. Y no quería arrepentirse de nada. Cometería errores para aprender de ellos. Pero no haría tonterías de las que no estuviera convencida.

La banda anunció que tocarían en unos minutos. El hermano de Pete, el novio de Bridgette, le ofreció pedirle otra copa. Clair le dijo que no amablemente.

No quería crear falsas expectativas en el muchacho.

Estaba decidida a volver sola a la habitación del motel. Al menos allí sabría que Jacob estaría en la habitación de al lado.

—¡Mira eso! —exclamó Julie, la hermana de Bridgette.

Clair se dio la vuelta hacia la entrada del salón.

Jacob estaba allí, mirando exhaustivamente el salón.

¿Qué estaría haciendo allí?

No tenía ni idea, pero a lo que no estaba dispuesta era a sufrir otra humillación de su parte.

Clair le dio la espalda con la esperanza de que no la viera.

–Viene en esta dirección –dijo Julie–. Recuerda, yo lo vi primero –agregó.

«¡Maldita sea!», pensó Clair. ¡No permitiría que le diera un sermón delante de aquella gente!

–¡Clair! –Jacob se acercó a ella, le puso las manos en los hombros y la hizo ponerse de pie–. ¡Te he encontrado, gracias a Dios!

Todos lo miraron.

Jacob tiró de ella y la abrazó.

–¡Cariño, he estado tan preocupado! –acarició su cabeza y la apoyó en su pecho–. ¡El pequeño Jake ha estado preguntando por su mamá todo el tiempo, y no deja de llorar!

«¿El pequeño Jake?», pensó ella. ¿De qué diablos estaba hablando?

Intentó soltarse, pero no pudo.

–¿Quién diablos eres tú? –preguntó, Steve, uno del grupo.

–Su marido –Jacob la abrazó más fuerte cuando respondió.

Steve se volvió a sentar.

–No nos ha dicho que tuviera marido –Bridgette lo miró con desconfianza–. Solo que viajaba a Texas con un muchacho.

–Vamos a ver a un especialista en neurología, por cierto desarreglo en la memoria –dijo Jacob–. Cuando toma las medicinas lo controla, pero si se le olvida... –agitó la cabeza con pesar–. Bueno, se olvida de cosas.

Clair, indignada, intentó soltarse, en vano.

—¿Se olvida de que tiene un marido e hijos? —preguntó Julie, sin poder creerlo.

—Jacob, por el amor de Dios, ¿quieres dejar...? —dijo Clair cuando pudo levantar un poco la cabeza.

Él apretó su cabeza contra su pecho otra vez.

—Se nos ha roto el coche, y yo tenía que ir al taller. Me he llevado a los niños conmigo, y como no hemos vuelto enseguida, se ve que Clair empezó a confundirse. Clair, cariño, he estado muy preocupado...

Ella tomó aliento para maldecirlo, pero en aquel momento él la besó. Y ella no tuvo más remedio que ceder.

Le dio igual saber que lo único que quería lograr Jacob era acallarla, y que los estuvieran mirando todos... Lo único que le importó fue el calor de aquel beso, la humedad de su lengua...

Se le aceleró el pulso, se excitó de arriba abajo, y se aferró a sus brazos.

«¡Maldita sea!», pensó Clair.

Suavemente, movió su pie. Lo pisó y le clavó el tacón de aguja en medio del zapato. Jacob se apartó de ella, con gesto de dolor.

—Jacob, cariño, ahora lo recuerdo —le acarició la mejilla dulcemente—. Enfermé cuando perdiste el trabajo en la planta de fertilizantes...

—Sí —dijo él apretando los dientes—. Será mejor que volvamos con los niños, por si se despiertan.

—¡Y encima, la explosión en la planta de fuegos artificiales! —Clair miró a la audiencia y susurró—: ¿A que no se le nota que tiene un ojo de cristal?

–En absoluto –dijo Julie, con la boca abierta–. ¿Cuál?

–El derecho –dijo Christie, achicando los ojos mientras observaba a Jacob.

La mano de Jacob apretó más el brazo de Clair.

–Debemos marcharnos, cariño, de verdad.

–Por supuesto –Clair recogió su bolso e intentó no reírse de la cara de pena de los asistentes al despedirse.

Jacob la sacó prácticamente a rastras.

La noche estaba fresca y con olor a barbacoa que salía del restaurante.

Ella intentó soltarse, pero él no la dejó.

–¡Suéltame!

–No.

–¿Cómo te atreves a decirme que no? ¿Estás loco?

–Evidentemente.

Cuando ella se soltó, él la levantó y la llevó encima del hombro.

–¡Bájame inmediatamente!

–No.

–¡Estás despedido! ¡Fuera de servicio! No quiero volver a...

Cuando Jacob llegó al motel la bajó.

–...a verte –terminó de decir ella–. Estás loco. Eres un perturbado. Un chiflado... Un...

–¿Quieres callarte de una vez? –Jacob tiró de ella y la abrazó. Y entonces la besó.

Capítulo Siete

Si hubiera podido, se habría defendido del placer que le causó el beso de Jacob. Pero no había podido. Lo único que había podido hacer había sido sentir.

Lo había abrazado y había entrelazado sus dedos en su pelo. Su cuerpo había cobrado vida al sentirlo. Todas sus terminaciones nerviosas habían sucumbido al placer de aquel beso.

Jacob dejó de besarle los labios y la boca para besar su cuello. Ella se movió a un lado para ofrecerle más, y gimió de placer.

—¿Qué estabas diciendo? —preguntó él, mordiendo el lóbulo de su oreja.

—Tú estás... terriblemente perturbado —dijo ella con la respiración agitada.

—Muy perturbado —respondió él mordisqueando su cuello.

—Demente —ella acarició su pelo.

—Totalmente...

Clair sintió el empuje de su excitación contra su cuerpo.

—Desequilibrado.

—Completamente —él abrió la puerta y entró con ella en la habitación.

La lámpara de la mesilla proyectaba sombras en la alfombra. Había olor a fragancia de limón.

Jacob la besó apasionadamente. Ella se estremeció de deseo. Se puso de puntillas y se internó en su beso.

La había besado antes, pero aquello era diferente. Era un beso sin control.

Era pura pasión.

Ella se moría de felicidad.

Cuando él se apartó y la dejó de pie allí, ella abrió los ojos, temiendo que él se hubiera arrepentido. Lo vio acercarse a la ventana y cerrar las cortinas. Luego volvió y la abrazó. Entreabrió sus labios y volvió a besarla, internando su lengua. Ella abrió su boca para él y sintió la sangre golpeando en sus venas.

Se movieron juntos hacia la cama.

La besó más suavemente, demorándose en la comisura de sus labios, explorándola con detenimiento. Acarició su cabello con una mano y deslizó la otra por la abertura de la falda. Ella tembló.

—He querido hacer esto desde el primer momento en que te vi en el restaurante —dijo él con voz sensual, acariciando su muslo.

Ella no pudo preguntarle por qué no lo había hecho. Estaba mareada, excitada...

Jacob agarró su trasero, la atrajo hacia él y le hizo notar su excitación varonil a través de los vaqueros. Y ella ya no pudo pensar en nada.

Se puso de puntillas, se apretó contra él y luego se fue bajando hacia la cama.

Él gimió.

—Clair —dijo él con voz entrecortada—. ¿Estás segura de esto?

—Sí.

–Mírame –él le tomó la cara con las manos–. ¿No tienes dudas?

–No –ella puso sus manos en su pecho viril.

–Bien.

Las rodillas de Clair chocaron contra el borde de la cama y se cayó hacia atrás.

Jacob besó su cuello, volvió a acariciar su muslo por la abertura. Ella alzó sus caderas. Él abrió la cremallera y le quitó la prenda.

Ella se agachó para quitarse los zapatos, pero él le sujetó la mano y la dejó encima de la cama.

–Déjatelos un momento. Quiero mirarte.

Clair se puso colorada. Pero la mirada de Jacob recorriéndola, desde la ropa interior negra de encaje, pasando por sus piernas, hasta llegar a sus zapatos de tacón, la excitó más aún.

Cuando Jacob siguió el mismo camino con la mano, acariciándola de arriba abajo, su corazón se estremeció.

Clair cerró los ojos, echó la cabeza hacia atrás y se entregó al placer de los dedos de Jacob en su piel. Su cuerpo se incendió de deseo. Dejó caer los zapatos. Jacob le acarició las piernas. Dudó en el borde de su ropa interior, tocó tímidamente la prenda con la punta de los dedos. Clair contuvo la respiración, con el corazón saliéndosele del pecho; sintió que él le empezaba a desabrochar la blusa. Cuando la abrió, Jacob le tocó el vientre desnudo. Ella se estremeció al sentir su mano.

–Eres tan lisa y suave... –dijo él con voz de deseo.

A partir de entonces, fue una sensación tras otra. El aroma de un hombre y una mujer, un festival de textura y color.

Luego, Jacob tomó sus pechos. Ella se movió para sentirlo más. Él respiró agitadamente al sentir la suavidad de su piel. Ella sintió un fuego entre las piernas, una presión ardiente que pedía liberación. Quería más, se moría por sentirlo dentro.

Cuando fue a desabrocharle la camisa, él le sonrió y le dijo:

–Todavía no.

Jacob sabía que perdería totalmente el control si no intentaba ir más despacio. Quería tomarse su tiempo, aunque no sabía si podría hacerlo.

Y menos oyendo esos gemidos de deseo de Clair, y el modo en que su cuerpo le pedía entregarse a él.

Cuando ella empezó a deslizar la mano hacia la cremallera de sus vaqueros, él le tomó la muñeca y la alzó hacia su cabeza. Luego, le tomó la otra muñeca y también la subió a la altura de su cabeza. Si ella lo tocaba se terminaría todo en un momento.

Y él quería más.

Con la mano libre abrió el cierre que el sujetador tenía por delante y sus pechos quedaron al descubierto.

Era perfecta. Sus pechos eran grandes y firmes, su piel suave y delicada como el pétalo de una rosa. Su respiración subía y bajaba sus pechos. Él sintió un fuego en su interior.

La deseaba como jamás había deseado a ninguna mujer.

Besó su pezón delicadamente, lo succionó con suavidad. Ella se arqueó de placer y gimió. Él mordió más, le mordió los pezones y sintió como estos se ponían más duros.

Y él también se puso más duro.

Pero intentó concentrarse en Clair, saborear su dulzura. Ella gimió profundamente, se movió con inquietud. Él pasó de un pecho a otro, acariciándolos primero con el pulgar, luego succionando su néctar.

–Jacob, por favor... –dijo Clair.

–Todavía no –murmuró él.

Él soltó sus manos y se movió hacia su vientre. Ella hundió sus dedos en el cabello de Jacob. Él no sabía si quería tirar de él hacia arriba o sujetarlo firmemente donde estaba. Le daba igual.

Deslizó sus manos por sus caderas y besó suavemente su vientre, explorando cada curva, cada valle con su lengua. Luego se deslizó más abajo.

Sintió cómo el cuerpo de Clair se tensaba, temblaba de deseo. Besó el borde de sus braguitas, luego se las bajó y se las quitó. La acarició con las manos y con la boca en el espacio que enmarcaban sus caderas. Luego siguió bajando.

Ella se derritió de expectación. Cuando él se internó en la dulzura de su cuerpo con la punta de la lengua, la respiración que ella había estado conteniendo salió en forma de un profundo gemido. Él la acarició, le hizo el amor con la boca. Sin importarle nada, ella alzó las caderas, agitó la cabeza de lado a lado y gimió.

–¡Jacob! –se retorció debajo de él con un gemido–. Ahora, por favor...

–Sí –él se movió rápidamente, porque sabía que no podría aguantar mucho más.

Prácticamente se arrancó la camisa y el resto de la ropa. Se arrodilló con las piernas abiertas, sujetó las caderas de Clair, y luego entró en ella con fuerza y rapidez.

La oyó gritar y dudó, pero cuando ella lo envolvió con sus piernas y sus brazos y se movió con él, ya no pudo pensar más. Penetró el caliente y apretado terciopelo de su cuerpo, y se entregó a la sensación. Jamás había sentido algo tan intenso, tan perfecto.

Ella lo acompañó con sus movimientos, empuje tras empuje, le clavó las uñas en la espalda desesperadamente.

Él sintió que ella llegaba al orgasmo en una violenta oleada de calor y placer. Sintió que se aferraba a su cuello firmemente.

Y él se dejó ir también. Gimió cuando su cuerpo por fin se alivió. Entró en Clair profundamente, estremeciéndose, y llegó a la cima del placer con ella.

Fue increíble.

Entrelazados sus cuerpos, ambos yacieron en la cama.

Clair esperó a que su corazón se calmara y que su respiración volviera a la normalidad. La piel de Jacob estaba húmeda, su respiración agitada, irregular, como la suya.

–¡Maldita sea! –murmuró Jacob.

Ella sonrió, pensando que la maldición era un cumplido.

–No te quité la blusa, y la verdad era que quería hacerlo –se quejó Jacob.

Jacob tiró de ella, la apretó contra él, acarició su cabello, se lo apartó de la cara y le dio un beso en la sien. Hubo un silencio, y luego Jacob habló:

–Podrías habérmelo dicho, Clair.

–¿Que era virgen? –ella tenía la mano en el pecho de Jacob. Sentía el latido de su corazón.

–No. Que tenías una peca en medio de la espalda.

–Pensaba...

–¡Por Dios, Clair! Estoy bromeando –volvió a estrecharla en sus brazos–. Sí, que eras virgen.

–Tenía miedo de que no... De que no me desearas...

–Cariño, créeme, eso es de lo que menos te tienes que preocupar.

–Entonces, ¿no te habría importado? ¿No habría sido un motivo más para apartarte de mí?

–Tal vez. Pero tarde o temprano esto habría sucedido, aunque lo hubiera sabido. Un día más contigo en el coche y creo que te hubiera arrastrado al asiento trasero y te hubiera hecho mía allí mismo.

La sola imagen de aquello la excitaba.

–¿De verdad?

–De verdad. Cuando entraste en el restaurante esta noche, casi me trago la lengua.

Ella se sintió orgullosa, y le acarició los musculosos brazos.

–Yo quería llamar tu atención y atraerte.

Él suspiró y se giró, poniéndose boca arriba. Luego tiró de ella y la colocó encima.

–No hacía falta que cambiases nada para llamar mi atención. Tuviste toda mi atención desde el mismo momento en que te vi salir de aquella tienda de trajes de novia.

–¿De la tienda de novias? –preguntó ella sorprendida–. Pero yo estaba comprometida, prácticamente casada. Tú no me conocías.

–Prácticamente casada no es casada. Y tú no eres tan ingenua, Clair, como para pensar que un hombre necesita conocer a una mujer para fantasear con llevarla a la cama.

Ella se sorprendió de su afirmación. Sintió cosquillas en el estómago.

–No, supongo que no. Aunque no conozco a muchos hombres, y Oliver era... Bueno, creo que era un poco conservador. Él pensaba que debíamos esperar hasta que estuviéramos casados para tener relaciones sexuales.

–Oliver es un idiota –él le acarició los hombros.

Sorprendida por el tono de Jacob, Clair alzó una ceja.

–Ni siquiera lo conoces. ¿Por qué dices eso?

Él la miró un momento y ella tuvo la impresión de que él le iba a contar algo, pero, de pronto, la puso de espaldas.

–Digamos que conozco el tipo de hombre que es... Y además, debe de ser idiota para dejarte escapar.

Era lo más bonito que le había dicho Jacob hasta entonces. Ella se sintió orgullosa de sí misma.

–Él no me dejó escapar. Yo huí y lo dejé esperando en la iglesia. Debe de haber sido horrible para él.

–¿Te arrepientes? –Jacob la miró a los ojos.

–Solo siento culpa, tal vez. Pero no me arrepiento. No cambiaría nada de lo que he vivido desde que me fui de esa iglesia.

–¿Nada? –él le tomó la mano y le preguntó–: ¿Estás segura?

Ella sintió un cosquilleo en todo su ser, un tibio deseo. Su corazón empezó a latir más aceleradamente.

–Bueno... Tal vez una cosa...

Él alzó una ceja y esperó.

–Me hubiera gustado más que fueran cuatro niños en lugar de dos –dijo Clair como reflexionando–. El pequeño Jake y el bebé... ¡Oh! No recuerdo si era una niña o un niño...

Era más fácil para ella bromear que hablar de Oliver en un momento como aquel.

–Un niño, Trevor –respondió Jacob.

–Claro, Trevor. Bueno, Trevor y Jake se están haciendo mayores y con mi enfermedad... ¿Cómo era? ¿Qué era lo que tenía?

Jacob le acarició el vientre y los pechos.

–Problemas de memoria.

–¡Eso! Bueno, pues no puedo recordar dónde he metido a los niños, así que me gustaría tener un par más, como para que puedan cuidarse uno al otro –ella se arqueó cuando sintió su caricia en su pezón–. Y tú... sabes cómo me gustaría tener una niña.

–En cuanto me vuelvan a dar el trabajo en la fertilizadora hablaremos de ello –dijo él con voz sensual.

Jacob se puso encima de ella y la acarició. Y luego, comenzaron a hacer el amor nuevamente.

Ella estaba en la ducha cuando él se despertó

por la mañana. La ducha de su habitación, pensó. Miró el reloj de la mesilla. Las siete y media.

Volvió a cerrar los ojos. ¡Aquella mujer se levantaba terriblemente temprano!

Se tapó con las mantas hasta la cabeza, pero aún oía cantar a Clair; contaba algo conocido, aunque no se entendía bien. Se puso de espaldas e intentó escuchar.

Cantaba en francés. Parecía una ópera.

Empezó a imaginar a Clair en un palco privado del teatro, sentada, muy compuesta, impecable.

Aquel era su mundo. El único mundo que conocía. Compartiría el mundo de la gente corriente durante unos días, pero luego volvería al suyo, al que pertenecía.

Se incorporó y se rascó la mandíbula.

Ambos sabían que seguirían caminos separados una vez que llegasen a Wolf River. Lo que había sucedido la noche anterior no cambiaría el rumbo de sus vidas.

Lo único que había cambiado era que dormirían juntos hasta que llegasen a Wolf River. Una vez que había probado su dulzura, no podría abstenerse de tocarla.

Jamás había deseado tanto a una mujer...

Se destapó y fue desnudo en dirección al cuarto de baño.

Ahora estaba cantando música country. Su canción se interrumpió y Jacob la oyó jurar.

–¿Clair?

Como ella no contestó, él entró. Vio su silueta detrás de la cortina de la ducha.

–¿Ocurre algo?

Clair sujetó la cortina de la ducha y se escondió tras ella.

–¡Jacob! ¡Me has asustado!

–Pensé que te habías hecho daño –intentó espiar por la cortina, pero no pudo ver nada–. Primero te oigo cantar como una soprano, y luego oigo que juras como un camionero...

–¡Como una soprano! –ella sacó la cabeza. Tenía la cabeza mojada, las mejillas rosadas. Su mirada se dirigió al cuerpo desnudo de Jacob, abrió mucho los ojos, y luego volvió a mirarlo a la cara–. Primero, se me metió champú en los ojos, y segundo, quiero que sepas que estudié canto con Mademoiselle Marie Purdoit durante tres años. Y me dijo que lo mío era un don natural...

–Tal vez se haya referido a tu pelo –bromeó él.

Clair lo salpicó con agua de la ducha y luego se escondió detrás de la cortina y empezó a cantar *Love me Tender,* desafinando a propósito.

¿Así que quería jugar?

Sonriendo, Jacob salió del cuarto de baño y fue a buscar su cámara de fotos. Volvió y gritó:

–¡Clair! No quería herir tus sentimientos. Cantas muy bien, a pesar de que no tengas sentido musical.

–¿Que no tengo sentido musical? –Clair asomó la cabeza y entonces él le sacó una foto.

Sorprendida, se quedó inmóvil un momento. Él volvió a sacar una foto.

Con un estremecimiento, ella se ocultó tras la cortina y juró profusamente.

Él se rio y dejó la cámara a un lado.

–Hazme sitio, Mademoiselle Beauchamp. Voy a entrar.

–Jacob Carver, si te atreves a... –gritó ella mientras él entraba en la ducha.

Él la acalló sujetándola por los hombros y besándola. Ella se sobresaltó primero y luego rodeó el cuello de Jacob con sus brazos.

A pesar de la noche que habían compartido, el deseo volvió a surgir entre ellos.

Jacob la besó apasionadamente y tiró de ella. Su piel estaba caliente, suave y húmeda. Sus pechos rozaban su torso.

Clair lo apresó con una de sus piernas. Dejó de besarlo y lo miró.

–Dime qué tengo que hacer.

Él sujetó su trasero con ambas manos y la levantó.

–Envuélveme con las piernas.

Jacob entró en ella rápidamente, la apretó contra la pared de azulejos y se movió dentro de ella. Clair gimió.

Cuando echó hacia atrás la cabeza, él le besó las mejillas. Clair se sujetó firmemente con sus piernas, intensificando el placer hasta que se hizo insoportable.

–Jacob... Date prisa...

La pasión galopó en las venas de Jacob. Sintió sus uñas clavándose en su espalda, en los hombros, y sintió los suaves mordiscos de sus dientes. Se internó más profundamente en ella, sintió el guante de su femineidad apretarse alrededor de él. La sintió estremecerse y llegar al mismísimo éxtasis. Entonces él se entregó al goce hasta llegar a la cima del placer, y juntos compartieron el clímax, y su descenso final.

Jacob apenas podía respirar. La bajó deslizándola por su cuerpo.

Una nube de vapor los envolvía. Aún mareado de satisfacción, Jacob la abrazó un momento, cerró el agua, y la llevó a la cama.

Capítulo Ocho

–¿Café?

–Hmmm...

Con temor a salir de la nube de placer y satisfacción, Clair no quiso girar la cabeza ni abrir los ojos.

Desde el episodio de la ducha, hacía dos horas, Jacob y ella habían hecho el amor, habían dormido abrazados, y habían vuelto a hacer el amor.

Ella tenía una zona roja en la cadera, el pelo enredado, y los músculos doloridos.

Sonriendo, se tapó con las sábanas y se arrebujó.

–Tomaré eso por un sí. Creo que nos hará falta un café solo bien fuerte.

Clair observó a Jacob ponerse unos vaqueros. Tenía un cuerpo perfecto, y parecía sentirse muy cómodo con su desnudez. Lo envidiaba. Ella siempre se había sentido torpe con el cuerpo. Había sentido que tenía las piernas y los brazos demasiado largos, los hombros demasiado huesudos...

–Gracias –dijo ella.

–Puedes agradecérmelo cuando vuelva –respondió Jacob mientras se ponía una camisa azul marino de mangas cortas.

–No te lo decía por el café, sino por la pasada noche –Clair se puso de lado, flexionó el codo y apoyó la cara en su mano; se puso colorada–. Fue maravillosa. Estuviste maravilloso.

Jacob se sentó al borde de la cama sonriendo, y le dio un beso a Clair.

–Tú has estado maravillosa, señorita Beauchamp.

–Gracias, señor Carver –ella puso su mano en la rodilla de Jacob–. Es muy amable.

Jacob volvió a besarla.

–De nada.

Ella sintió que se tensaban los muslos de Jacob tensarse cuando deslizó su mano por su pierna. Él la tumbó en la cama, y ella se olvidó de todos los dolores. Solo sintió el calor de la piel de Jacob, el calor en su sangre, y su corazón latiendo aceleradamente.

Jacob le besó el cuello, mientras bajaba la sábana...

Sonó el teléfono que había en la mesilla.

Clair bajó sus manos de su pecho.

–¡Maldita sea! –Jacob miró con rabia el aparato–. Este es Odell. Tenía que estar en el taller hace media hora para ayudarlo a poner el radiador.

–Deberías contestar.

Clair vio cómo se oscurecían sus ojos y la miraban entornados mientras ella deslizaba un dedo por su cremallera.

–Contesta tú –dijo él, mientras le besaba el cuello–. Dile que estoy en camino.

Clair contestó.

–¿Clair?

El corazón de Clair se detuvo al oír la voz.

–¿Oliver?

Jacob se quedó inmóvil.

–¿Por qué contestas tú el teléfono de Carver? Dile que se ponga.

–¿Cómo supiste dónde estaba?

–¿Qué importa eso?

A pesar de todo, Clair estaba segura de que su madre no le había dado el número a Oliver.

–A mí me importa.

–Acabo de ver el número escrito en la agenda de la oficina de tu madre.

–¿Has registrado la oficina de mi madre? –Clair se sentó y miró a Jacob mientras este se ponía las botas.

–Me has obligado a usar métodos heterodoxos para encontrarte –dijo Oliver–. Clair, estás manchando tu reputación viajando con ese tipo por todo el país. No es una persona en la que se pueda confiar.

–¿Por qué dices eso? –Clair frunció el ceño.

–Los hombres como Jacob Carver no tienen ética ni escrúpulos. Harían cualquier cosa por conseguir lo que quieren. Hasta sería capaz de seducirte para que creyeras mentiras acerca de mí.

–Te aseguro que eso no ha ocurrido.

Si acaso, había sucedido lo contrario, pensó ella.

–Insisto en que vuelvas inmediatamente –dijo Oliver, irritado–. Podemos casarnos con una ceremonia discreta.

–Oliver, sé que mis padres te han contado que voy a conocer a mis hermanos de Wolf River. No sé cuándo voy a volver.

–Es ridículo. Aún tenemos tiempo de reparar el daño que hemos hecho a nuestro círculo social. Es comprensible que tengas una crisis temporal por el shock que te ha producido la noticia de tus padres y hermanos. Pero vuelve a casa, Clair. Yo te perdonaré. Te amo.

Ella lo había creído, pero ahora sus palabras le sonaban huecas. Parecía que lo que más le importaba a Oliver era su «círculo social». Supuestamente debía sentirse herida, pero en realidad se sintió aliviada.

Cuando Jacob se puso de pie y atravesó la habitación, Clair quiso detenerlo con la mano, pero él no le hizo caso. Cerró la puerta y se marchó.

–¿Clair? ¿Estás ahí? Contéstame.

–Te agradezco tu magnánima oferta, pero no tengo una crisis temporal, y mi respuesta es no. No voy a volver a casa y no voy a casarme contigo. Adiós, Oliver.

–Clair...

Clair colgó. Y cuando el teléfono volvió a sonar, se tapó con una almohada.

Se preguntó por qué Oliver había pedido hablar con la habitación de Jacob. Se había sorprendido cuando ella había contestado, y le había pedido hablar con Jacob.

¿Por qué?

Tal vez hubiera pensado poder convencer a Jacob de que la llevara de vuelta a Carolina del Sur. O le hubiera ofrecido dinero por devolverla.

No le importaba.

Sabía que Jacob volvería a su vida de Nueva Jersey en cuanto terminase el trabajo. Sabía que no había cambiado nada aunque hubieran dormido juntos, pero no era tan tonta como para decirle que se había enamorado de él. Jacob la dejaría en medio de una nube de polvo y se marcharía.

Miró la hora. Las nueve y tres minutos. No pensaba desaprovechar el poco tiempo que les quedaba.

Se levantó de la cama y revolvió su maleta hasta encontrar el tanga de piel de leopardo; sonrió y se dirigió a la ducha.

Jacob volvió a las dos horas, sucio de grasa del taller. Clair no estaba donde la había dejado: en su cama. Al principio se decepcionó, pero luego pensó que era mejor, si querían viajar aquel mismo día. Ya casi era mediodía.

Se dirigió a la habitación de Clair y metió la cabeza.

−¿Clair?

Su dormitorio estaba vacío también. Su decepción se transformó en irritación. ¿Dónde diablos se había metido ahora?

Su cama estaba hecha. No había nada en la mesilla, y la maleta no estaba.

«Oliver», pensó.

Ese idiota debía de haberla presionado. Ella era vulnerable, y sentía culpa...

Clair era demasiado confiada. Quizá tendría que haberle contado la historia de Oliver en el motel Wanderlust. Pero eso le habría borrado la inocencia de golpe. Por eso no se lo había dicho. No quería estropear el entusiasmo y frescura que

Clair sentía por la vida, esas ganas de reír y confiar en los demás.

Fue al cuarto de baño de su habitación: no había ni rastro de Clair.

¡Maldición!

Al parecer, se había equivocado con ella. Había creído que detrás de la fachada de niña rica y maleable había una mujer más fuerte y decidida, pero no era así.

Apretó los dientes y empezó a decir:

—¡Adiós chiquilla! ¡Hasta la vista, baby! *Sai la vie. Auf wied* —empezó a gritar Jacob, hablando solo.

—¿Con quién estás hablando?

Jacob se dio la vuelta, sorprendido al oír su voz detrás de él.

—¡Bueno, por el amor de Dios! —Clair estaba en la entrada de la habitación del motel con la llave en la mano—. ¿Qué te pasa?

En estado de shock, Jacob la miró sin poder moverse.

Llevaba ropa de verano: camiseta negra, pantalones cortos y sandalias.

Se sintió aliviado.

—¿Dónde diablos estabas?

Ella alzó la ceja y preguntó:

—¿No has visto la nota que te dejé?

Él había estado demasiado preocupado por la posibilidad de que ella se hubiera marchado como para ver nada.

—Evidentemente, no —siguió ella. Dejó el bolso en la cama. Se cruzó de brazos y lo miró—. Creíste que te había dejado, ¿verdad?

—No.

–Mentiroso

–De acuerdo. Es posible. Solo por un momento.

–¿Crees que haría eso? ¿Irme sin decirte adiós?

–Estabas hablando con Oliver cuando me fui –se defendió Jacob–. No está tu maleta. ¿Qué crees que podía pensar?

–Mi maleta... está al lado de la tuya, en tu habitación, en la misma que he dejado la nota.

Cuando ella se dirigió a la habitación de Jacob, él se metió las manos en los bolsillos y la siguió.

Allí vio la nota. Había ido a ver a Bridgette. ¡Maldita sea!, pensó Jacob.

–Bueno, bien, tomaré una ducha y nos marcharemos –dijo él.

–No tan deprisa.

–¿Qué?

–Creo que me debes una disculpa.

–¿Por qué cosa? –no le gustaba nada pedir disculpas.

Clair se cruzó de brazos y alzó la barbilla.

–Te has equivocado y has supuesto que me había ido. No es muy halagador para mi personalidad.

–De acuerdo. No debí suponer nada...

–¿Esa es toda la disculpa?

–Tómala o déjala.

Ella puso los ojos en blanco, suspiró y se acercó a él.

–¿Quieres saber de qué hablamos Oliver y yo?

–No.

–De acuerdo –ella se dio la vuelta para marcharse.

Jacob le sujetó el brazo y la atrajo hacia él. Estaba muy sucio como para abrazarla como habría querido.

—Sí, quiero saber de qué hablasteis –dijo entre dientes.

—Me habló de que aún podíamos casarnos en una ceremonia discreta y me dijo que me perdonaba.

—¡Muy generoso! –exclamó Jacob.

—Me dijo que todavía era posible salvar el daño que habíamos hecho a nuestro círculo de amistades, y que todos comprenderían que yo estaba pasando por una crisis temporal por haberme enterado de que soy adoptada.

—Es un idiota. ¿Qué más ha dicho?

—Que no debía confiar en ti –Clair puso la mano en el pecho de Jacob–. Ha dicho que los hombres como tú hasta serían capaces de seducir mujeres como yo para conseguir sus fines.

Su pulso se aceleró cuando ella le sacó la camisa de dentro del pantalón.

—Quizá no deberías confiar en mí. Tal vez te seduzca... –dijo él.

Jacob no veía más que deseo a su alrededor... No podía pensar, no podía moverse... Mientras ella le desabrochaba el cinturón.

—Demasiado tarde –susurró ella–. Yo te seduje primero.

—¿Eso es lo que crees?

—Eso es lo que ha sucedido.

—Clair –Jacob puso una mano encima de la de ella para detener sus movimientos–. Tengo que ducharme.

Ella lo besó.

–¿Cuánto vas a tardar?

Jacob la besó con cuidado de no rozarla.

–Un minuto –respondió después.

Volvió a besarla y se marchó a la ducha.

El agua estaba fría cuando se metió, pero no enfrió el fuego de su cuerpo.

–¿Jacob?

Él sonrió. ¡Qué impaciente era Clair!, pensó. Sacó la cabeza por fuera de la cortina para decirle que se duchase con ella si no podía esperar.

Entonces la cámara disparó.

Él juró, y extendió una mano para tirar de ella.

Clair volvió a disparar y se rio. Salió corriendo del cuarto de baño antes de que él saliera detrás de ella.

Le cortaría el cuello, pensó él. Después de que le hiciera el amor.

Capítulo Nueve

La autopista se extendía ante ellos, larga y brillante bajo el sol caliente. Los campos de alfalfa a un lado del camino impregnaban el aire de un olor dulce. Hasta que cambió el viento y los asaltó un olor a vacas de una granja cercana.

Clair apoyó el brazo en la ventanilla del coche y respiró profundamente. No le importaba nada. Era feliz. La vida era maravillosa.

Llevaban tres horas en la carretera desde que se habían marchado de Liberty. Para sorpresa de Jacob, Clair había querido parar varias veces para sacar fotos del campo o de algún pueblo.

Clair se moría por ver las fotos reveladas, sobre todo la de Jacob en la ducha.

No se lo había tomado muy bien al principio, pero en cuanto había salido de la ducha se habían olvidado del asunto.

Jacob le había dicho varias veces que era ingenua, pero ella no era tan ingenua como para no saber que lo que habían compartido era algo especial. Estaba segura de que no volvería a tener un amante como él. Aunque su mente le decía que volvería a amar, su corazón no estaba tan seguro.

A pesar del dolor que le causaba esta idea, sonreía. Era feliz. Aunque la relación con Jacob no hubiera sido más que física, no se arrepentía. Sería una joya guardada en los recuerdos.

¿Y si pudiera haber algo más entre ellos? ¿Sería posible que Jacob sintiera algo por ella?

Se había enfadado aquella mañana al pensar que ella se había marchado... ¿Había sido porque ella le importaba? ¿Por celos?

Clair suspiró. Luego agitó la cabeza. No debía ilusionarse.

–¿Dónde va a ser esta vez?

Sobresaltada por la pregunta de Jacob, ella se giró y preguntó:

–¿Qué?

–Tenemos que parar dentro de una hora. Quizá antes. Se está acercando una tormenta... –tomó el mapa que había en el asiento entre ellos y se lo dio–. ¿Dónde pararemos esta vez?

–¡Oh! –Clair se ubicó en el mapa.

Miró los nombres en el mapa. Ninguno le sonaba bien...

Siguió mirando. Al final lo encontró. Sonrió y mostró el mapa a Jocob señalando con el dedo el lugar elegido.

Una hora más tarde, Jacob aparcó en el aparcamiento del motel The Forty Winks, en Lucky, Louisiana. Una nubes negras habían oscurecido el cielo antes de que llegase la noche. El aire estaba pesado, cargado de electricidad.

Cuando se oyeron los truenos en la distancia, Clair se estremeció, tomó su bolso y siguió a Jacob a la recepción del motel.

La empleada del motel, una mujer mayor con

un collar de gruesas cadenas de oro y gafas, estaba dormitando en una silla en un rincón de la recepción. En su regazo dormía un gato a rayas. El animal abrió un ojo cuando Clair y Jacob entraron, y luego lo cerró.

Desde una televisión pequeña en color se oía un concurso muy popular.

El presentador hizo una pregunta sobre Hemingway y Jacob la respondió involuntariamente. Cuando apareció la respuesta en la pantalla, resultó que Jacob la había acertado. Clair alzó una ceja.

Mientras esperaban a que la empleada se diera cuenta de que tenía clientes, Jacob siguió entreteniéndose con el programa de preguntas y respuestas.

—El octavo planeta de la tierra... —dijo el presentador.

—Neptuno —contestó Jacob mientras sacaba la cartera del bolsillo de atrás del pantalón.

Clair levantó las cejas.

—¿Cuál es la raíz cuadrada de veinticinco mil?

—Ciento Cincuenta y ocho con once y pico.

Clair se quedó con la boca abierta.

La empleada se despertó con un ronquido. El gato saltó de su regazo.

—¡Dios santo! —se sobresaltó la mujer—. Debo de haberme dormido.

—Quisiéramos una habitación para esta noche —Jacob le dio una tarjeta de crédito—. Con cama doble, no fumador.

Al escucharlo, Clair dejó escapar la respiración que había estado conteniendo.

—Bienvenidos a Lucky —dijo la mujer con una

sonrisa, mientras pasaba la tarjeta de crédito por la máquina–. ¿Adónde se dirigen usted y su esposa?

«Esposa», pensó Clair, y esperó que Jacob corrigiese a la mujer.

Pero él no lo hizo, simplemente tomó la tarjeta de manos de la señora y dijo:

–A Wolf River.

–¡Oh! Tengo un primo en Wolf River...

–Usted... ¿Tiene un primo en Wolf River? –preguntó Clair.

–Sí, Boyd Smith. Su esposa se llama Angela.

El corazón de Clair empezó a latir aceleradamente.

–¿Conoce Wolf River? –preguntó.

–Solía pasar los veranos allí, en el rancho de mis tíos, en las afueras del pueblo. Claro que de eso hace más de cincuenta años, pero he ido a visitar a Boyd y a Angela unas cuantas veces. El pueblo está desconocido. Ha crecido mucho –dijo la mujer, que llevaba un cartel en la solapa que ponía *Dorothy*.

–Clair... –Jacob tocó su hombro–. Tal vez deberías esperar.

Ella lo miró, luego agitó la cabeza y volvió a mirar a la empleada.

–¿Ha... oído hablar alguna vez de la familia Blackhawk?

–¿Los Blackhawk? –la mujer pareció sorprendida por la pregunta–. Bueno, sí, por supuesto. Todo el mundo que ha pasado por Wolf River ha oído hablar de los Blackhawk. Eran los dueños de más de la mitad de las tierras del sur del pueblo.

117

–¿Eran?

–Eran tres hermanos cuando yo era adolescente –dijo Dorothy–. William era el mayor. Era un poco mezquino. Luego estaban Jonathan y Thomas. Jonathan era el tranquilo, y Thomas, un exaltado. Cuando era jovencita me gustaba Thomas –dijo Dorothy con una caída de ojos–. Nunca creí esa historia de que intentó matar a ese hombre, aunque estuvo preso por ello y terminó muriendo allí, el pobre. Le llevó casi veinte años probar que era inocente.

Sus tíos, pensó Clair, William y Thomas. Su padre era Jonathan.

–Usted... ¿Conoció a Jonathan?

–Lo vi un par de veces un verano, cuando estuve trabajando a tiempo parcial en una ferretería. Éramos adolescentes los dos –suspirando, Dorothy rascó el cuello de Zeck, el gato, que llevaba una chapa de identificación en el collar–. Angela me envió el periódico sobre el accidente. Se mataron todos, los tres pequeños y su esposa, de la cual no recuerdo el nombre.

Clair hubiera querido decirle que estaban todos vivos, pero solo dijo:

–Norah.

–Sí –dijo la mujer mirándola con sorpresa–. ¿Conoce a los Blackhawk?

–No. Solo he oído hablar de ellos.

–Por lo que sé, Lucas, el hijo de Thom, es el único que queda –dijo Dorothy con tristeza–. Se habló mucho del hijo de William; se marchó cuando era adolescente y no volvió a saberse de él.

Cuando sonó el teléfono, Dorothy se dio la vuelta para contestar.

Jacob tomó el brazo de Clair.

–Deberíamos irnos... –le dijo.

Fuera de la recepción, Jacob rodeó a Clair con sus brazos.

–He visto los documentos. He escuchado la confirmación de mis padres, pero hasta esta mañana no me ha parecido real... –miró a Jacob–. Esa mujer lo ha hecho real.

–Sí –él le acarició el cabello–. Es real.

–Conoció a mi padre. A mis tíos... –Clair sonrió y dejó escapar unas lágrimas.

Una brisa húmeda los envolvió. Se quedaron allí, en silencio. Luego, ella tocó la mejilla de Jacob para convencerse de que él también era real. La barba un poco crecida le hizo cosquillas. Y cuando él le besó la palma de la mano, ella sintió mariposas en el estómago.

Algo cambió, en el aire, entre ellos, en el universo, pensó Clair. Y cuando Jacob la miró, ella pensó que él también lo sentía.

Pero entonces Jacob quitó las manos y se las metió en los bolsillos.

–Hay una pizzería al otro lado de la calle. ¿Por qué no comemos algo?

–De acuerdo. Pero con doble pepperoni.

–¿El pepperoni estaba en la lista prohibida? –Jacob agitó la cabeza con desagrado–. Es muy cruel.

–¡A mí me lo vas a decir!

Cruzaron la calle hasta una pizzería y salón de billar.

El olor a masa horneada y a especias asaltó sus sentidos al entrar. La música de un acordeón italiano salía de los altavoces que había en cada rincón.

El lugar estaba atestado de gente. No había mesa libre, y la cola para llevar comida a casa era larga.

—Pide tú —le dijo Clair—. Yo esperaré a que se desocupe una mesa.

Minutos más tarde, Jacob fue a la mesa que había encontrado Clair. En el camino, dos chicos casi le tiran la bandeja al pasar por su lado.

—¡Qué chulos! —murmuró Jacob.

—Son dos críos —dijo ella, mientras abría la bolsa de papel marrón con la comida—. ¿No te gustan los niños?

Jacob frunció el ceño.

—Seguro... Yo fui niño. Y era un chulo también.

—No te creo —ella bebió un sorbo de soda—. Los chulos no leen a Hemingway, ni calculan mentalmente la raíz cuadrada de veinticinco mil.

—Podrían hacerlo, si tuvieran un vigilante penitenciario preocupado por la educación de sus reclusos.

—¿Estuviste en la cárcel?

El shock en los ojos de Clair le demostró qué poco sabía de la vida fuera de su mundo de agenda social. Y lo poco que sabía sobre él.

¿Qué pensaría de él si lo conociera realmente?, se preguntó Jacob. La vida en los bajos fondos de Nueva Jersey estaba muy alejada de la alta sociedad de Carolina del Sur. En el barrio donde él había crecido, lo único que importaba era la supervivencia. Cuando era niño había visto cosas, incluso había hecho cosas, que habrían puesto la piel de gallina a Clair.

¡Diablos! A él también le ponían la piel de gallina.

–En la planta de delincuentes juveniles.

Jacob aún oía el sonido metálico de los barrotes cuando se cerraban. Aún sentía el pánico de ser encerrado en una jaula.

–Tenía catorce años.

–Eras un niño.

–Donde yo he crecido, a los catorce años no se es un niño –observó a los dos chicos que lo habían embestido dirigirse a una mesa donde había un hombre y una mujer–. Al hombre al que le había robado el coche no le importó mucho qué edad tenía.

–Cometiste un error –dijo Clair–. Tú mismo dijiste que tu madre te abandonó y que tu padre era alcohólico. Supongo que el juez lo tendría en cuenta.

–Sí –Jacob estiró las piernas por debajo de la mesa–. Envió a mi hermano con una familia adoptiva, y a mí a un orfanato en Newark.

–¿Te separaron de tu hermano? –preguntó ella, indignada–. ¡Es terrible!

–Es lo mejor que pudo pasar.

Evan tenía entonces once años. Jacbo recordó lo duras que habían sido aquellas primeras semanas para ambos.

–Eso le proporcionó a Evan un hogar estable con una familia decente durante cuatro años. Y a mí un objetivo.

–¿Un objetivo?

–No terminar como el resto de los chicos con los que andaba, y definitivamente, no terminar como mi padre. Después de terminar la escuela secundaria, estuve trabajando con un abogado especializado en libertad bajo fianza y descubrí que se me daba bien buscar a gente que no quería que la encontrasen. Dos años más tarde, saqué la licencia de investigador privado y abrí una oficina en Jersey.

—¿Y tu hermano?

—Terminó la escuela secundaria, y luego consiguió una beca en la Universidad de Texas. Ninguno de los dos hemos vuelto la vista atrás.

¿Sería por ello que Jacob no había echado raíces en ningún sitio? ¿Para no recordar lo que había dejado atrás?

—¿Y Evan? ¿Dónde está ahora?

—Es dueño de una empresa constructora a unos treinta kilómetros de Ketle Creek —Jacob agitó la cabeza—. Hizo un máster en Ciencias, pero acabó dedicándose a la construcción, fíjate... —dijo Jacob. No era una crítica; lo dijo con orgullo.

—¿Por qué no fuiste a la universidad tú también?

—Eso es para los que quieren ascender socialmente y hacer la pelota al jefe. Mi vida es muy simple. No tengo horarios, ni un jardín que cuidar, ni una esposa que me espere en casa al volver de trabajar.

Al parecer, Jacob quería convencerla, o convencerse de que no quería sentar cabeza.

Ella sabía que era el modo de decirle que aquella historia se terminaría en Wolf River. Al menos, era sincero.

Había habido demasiadas mentiras en su vida. Ahora más que nunca quería saber la verdad. Quería saber qué había sucedido hacía veintitrés años y por qué.

El dependiente llamó su número de orden. Jacob fue a buscar la comida mientras Clair se quedó mirando a las familias disfrutar de una salida juntos.

Un bebé se estaba ensuciando la cara con salsa de tomate a pesar de las advertencias de su madre... Una niña celebraba su cumpleaños en una mesa con una tarta que revelaba que tenía ocho años.

Sus cumpleaños habían sido muy distintos, en el Van Sheever Yacht Club o en el Hotel Four Seasons, jamás en una pizzería como aquella.

Observó a Jacob ir hacia ella, y pensó que le gustaría esperarlo en su casa a la vuelta del trabajo.

Comieron la pizza, jugaron a máquinas de videojuegos. Y esa noche, mientras sonaban los truenos y caía la lluvia sin parar, hicieron el amor con la misma intensidad de la tormenta del cielo. Ambos sabían que no les quedaba mucho tiempo, y lo que les quedaba lo iban a vivir intensamente.

Capítulo Diez

–Bienvenida a Wolf River, señorita Beauchamp –la saludó Henry Barnes, dándole la mano–. ¡No se imagina cuánto me alegra encontrarla por fin!

El hombre canoso, con vaqueros y botas parecía más un vaquero que un abogado, pensó Clair.

Era un hombre cálido, amable, y eso la ayudó a controlar sus nervios.

Cuando había visto el cartel de bienvenida a Wolf River, en la carretera, se le había hecho un nudo en el estómago y no se le había deshecho aún.

–Gracias, señor Barnes. El placer es mío.

–Llámeme Henry, simplemente. Y usted... –soltó la mano de Clair y miró a Jacob–. Es el señor Carver, supongo... No sé si llamarlo mago, hombre que hace milagros... Pero como representante de la familia Blackhawk, le agradezco haber traído a salvo a Elizabeth... –Henry agitó la cabeza–, Clair, mejor dicho.

Incómodo con el cumplido, Jacob se movió torpemente, y aceptó la mano de Henry.

–Traeré café –hizo un gesto hacia dos sillas frente a su escritorio–. Pónganse cómodos. Vendré enseguida.

–Puedo esperar afuera –le dijo Jacob a Clair

después de que se marchase Henry–. Esto es un asunto privado y no creo...

–¿Te importa quedarte? No sé si podré hacer esto sola...

«Te necesito», le hubiera querido decir. Pero no quería demostrarle cuánto lo necesitaba. Eso lo estropearía todo.

Clair se sentó en una silla. Mientras, Jacob miraba una miniatura que había encima de una estantería. Representaba un pueblo minero en el año 1800. Clair disfrutó al ver su cara de niño entusiasmado por un juguete.

Desde que habían dejado el pueblo de Lucky habían estado muy callados. Ella comprendía que el viaje de aquel día era una transición en la vida de ambos... No sabía de qué manera iba a cambiar su vida, pero sabía que lo haría. La de Jacob, no.

–Aquí está –Henry volvió con tres tazas de café–. Judy, mi secretaria, tiene libre la tarde para ir a recaudar fondos para la nueva biblioteca de la escuela primaria. Va a vender pan. Yo he hecho la donación esta mañana temprano... además de colaborar comprando una docena de galletas caseras a Angie Smith.

–¿A Angela Smith? –Clair preguntó con curiosidad–. ¿Se refiere a Angela Smith, casada con Boyd?

Henry alzó una ceja, se sentó en su sillón de piel detrás del escritorio y preguntó:

–¿Conoce a Angie y a Boyd?

–No.. Yo... Ella... –no podía hablar.

–Conocimos a su prima Dorothy en Lucky, Louisiana –contestó Jacob por Clair–. Ella nos dijo que les diéramos recuerdos de su parte.

Henry sonrió a Clair.

—Estoy seguro de que tendrá oportunidad de hacerlo, sobre todo porque la esposa de Lucas, Julianna, es la mejor amiga de la hija de Angie, Maggie.

Clair tenía un lío de nombres. Sabía que tendría que preguntar más tarde por ellos, pero ahora estaba demasiado aturdida.

—Mi familia... Necesito saber qué sucedió —dijo Clair después de tragar saliva.

—Solo dimos la mínima información a Jacob. Sus hermanos han querido contarle los detalles en persona.

«Sus hermanos...», la palabra le golpeaba en el pecho.

—Por favor, señor Barnes, Henry...

—Hace veinticinco años, el veintitrés de septiembre, usted nació con el nombre de Elizabeth Marie Blackhawk, hija de Jonathan y Norah Blackhawk. Tenía dos hermanos, Ránd Zacharius, de nueve años, y Seth Ezekiel, de siete. Sus padres eran dueños de un pequeño rancho fuera del pueblo.

Henry sacó un documento de una carpeta que tenía encima del escritorio y se lo dio a Clair.

La mano de Clair tembló al mirar el certificado de nacimiento.

—Nosotros siempre hemos celebrado mi cumpleaños el veintinueve de agosto —susurró ella, dándose cuenta de que el certificado de nacimiento que había usado toda su vida era falso—. Yo creí que había nacido en Francia.

—Yo ya le envié un artículo de periódico acerca del accidente —Henry sacó el original de otra carpeta–. El coche de sus padres se cayó a un cañón durante una tormenta de rayos y ellos se mataron en el acto.

–Pero el artículo ponía que todos habíamos muerto –Clair miró el artículo–. ¿Cómo es posible?

–Fue una conspiración muy elaborada –dijo Henry–. Nadie sospechó nada.

–¿Una conspiración? No comprendo.

–La noche del accidente, la primera persona que llegó al lugar fue Spencer Radick, el sheriff de Wolf River. Al principio Radick creyó que toda su familia había muerto en el accidente, así que llamó a William, hermano de su padre. William llegó a los pocos minutos con su ama de llaves, Rosemary Owens, y descubrieron que usted y sus hermanos no solo estaban vivos, sino que habían sufrido pocos daños.

Clair intentó fijar aquellos nombres en su memoria, porque sabía que cada uno de ellos era un punto de conexión para armar su historia.

–Mi tío... ¿Nos llevó a casa?

–Me temo que no –dijo Henry con tristeza–. William era un hombre resentido, perturbado... Había sido apartado de sus hermanos porque ellos se habían casado fuera de su propia raza.

Clair frunció el ceño.

–Pero entonces... ¿Qué...?

De pronto se dio cuenta de lo que había hecho.

–Nos vendió –dijo Clair.

–En cierto sentido, sí. Aunque él no recibió dinero. Envió a Rand con Rosemary y a Seth con el sheriff, y a usted con Leon Waters, un abogado de Granite Springs, un hombre especializado en adopciones ilegales. Fueron adoptados los tres. A Rand y a Seth les dijeron que su familia había muerto. Usted era demasiado pequeña para comprender lo que había sucedido.

–Pero el artículo de periódico... –Clair miró a Jacob. Estaba muy serio–. Los certificados de defunción, la desaparición de los niños... ¿Cómo es que nadie se interesó por ello?

–Su tío Thomas y su esposa estaban muertos ya. Su hijo, Lucas, era adolescente. La esposa de William, Mary, era una mujer débil. Era más fácil para ella fingir que no sabía nada. Y su hijo, Dillon, era muy pequeño –Henry suspiró–. Su tío William lo hizo todo muy bien. Pagó a quien tenía que pagar para ocultar la verdadera historia. Spencer Radick se fue del pueblo dos meses más tarde y no se lo volvió a ver; Rosemary Owens se mudó a Vermont poco después de aquello. Y Leon Waters cerró su despacho y desapareció.

–Waters extorsionó a mis padres hace unos años. Ellos le pagaron para que la adopción quedara en secreto.

–Waters es una escoria humana –dijo Henry con resentimiento–. Pero si le sirve de algo saberlo, los Beauchamp no sabían la historia cuando la adoptaron. Usted era una criatura perfecta, con el color de cabello adecuado, saludable, y lo suficientemente pequeña como para olvidarse del pasado.

–Me mintieron –cerró los ojos al sentir aquella pena en el pecho–. Me hicieron creer que yo era su hija biológica. Mi madre hasta me contó una historia del parto y lo nervioso que estaba mi padre.

–A veces la línea entre la verdad y la ficción no está nada clara –dijo Henry amablemente–. Lo que estamos haciendo en este momento aquí es definir esa línea.

–Veintitrés años... –dijo Clair–. Pero... ¿Cómo ha salido la verdad a la superficie después de tanto tiempo?

–Rebecca Owens, la hija de Rosemary, encontró un diario después de que muriese su madre, hace unos meses. Tengo la copia de ese diario en un archivo, para usted. Rosemary había escrito en detalle todo lo que sucedió esa noche, con los nombres de todos los que habían estado involucrados. Lo más probable era que quisiera protegerse de William, por si iba tras ella y la amenazaba. Rebecca se puso en contacto con Lucas, su primo, quien me contrató para que la buscase. Encontrar a Seth y a Rand fue fácil. A usted, no. Si no fuera por el señor Carver, no sé si la habríamos encontrado algún día. Todos le estamos muy agradecidos.

–Sí –dijo Clair.

Él la había salvado de casarse, le había dado valentía para tomar decisiones para ser ella misma... Los últimos días habían sido los más importantes de su vida. Cuando Jacob se fuese, se llevaría algo más que su gratitud. Se llevaría su corazón.

Clair desvió la mirada. No quería, no podía pensar en el momento en que se separasen.

Tal vez después de partir, se permitiría derrumbarse de pena.

Volvió su atención a Henry.

–¿Cómo se puede ser capaz de hacer algo tan terrible? –preguntó ella.

–Por el mismo motivo por el que la mayoría de los hombres cometen los crímenes. El testamento original de su abuelo. En el que dejaba una enorme finca a sus tres hijos. Como William se apoderó de él antes incluso de que sus otros hermanos conocieran su existencia, falsificó otro testamento, en el que le dejaba todo a él.

Clair estaba acostumbrada a tener dinero, pero aun así, el tamaño de la finca que aparecía en los documentos era impresionante.

Al parecer, iba a ser más rica todavía.

Su mano tembló cuando le devolvió el testamento a Henry.

A ella no le importaba el dinero. Sabía muy bien que había cosas que el dinero no podía comprar.

–William... –dijo Clair. El solo pronunciar su nombre le daba dolor de estómago–. ¿Irá a la cárcel?

–Si estuviera vivo, sí. Murió hace dos años en un accidente de avión. Su hijo, Dillon, se fue de Wolf River cuando tenía diecisiete años y nadie ha sabido nada de él desde entonces. Sus hermanos, Rand y Seth, están discutiendo aún si lo van a buscar. Creo que están esperando a que venga usted para tomar esa decisión.

–¿Cuándo podré verlos? –preguntó ella con un nudo en la garganta.

–¿Qué le parece si ahora?

–¿Ahora? –preguntó Clair, miró a Jacob. Él le tomó la mano.

–Están esperando fuera –dijo Jacob.

–¿Aquí? –ella miró la puerta–. ¿Han estado esperando todo este tiempo?

–Hemos pensado que sería mejor no decírtelo hasta contarte todo –Jacob apretó afectuosamente su mano–. Podría haberte distraído.

Clair quiso decir algo, pero no pudo hablar.

Jacob miró a Henry y dijo:

–Denos un par de minutos, ¿quiere?

–Tómese su tiempo –dijo Henry amablemente. Luego, se puso de pie y salió de la habitación.

Clair cerró los ojos y dijo:

–No estoy preparada...

–Ven aquí –él tiró de ella y la sentó en su regazo, la abrazó y agregó–: Nadie te está metiendo prisa.

–Tengo miedo –susurró ella como una niña.

–Todo irá bien –Jacob le dio un beso en la sien–. Relájate.

Clair se acurrucó en sus brazos, sintió el calor de su cuerpo y empezó a serenarse.

Con Jacob se sentía segura, pero no iba a durar. Era doloroso, pero tenía que aceptarlo.

–Gracias –dijo acariciando su mejilla–. Estoy lista.

Cuando él se acercó a la puerta, el corazón de Clair pareció salirse de su sitio. Era excitación, no pánico.

Ella se alisó la blusa con sus palmas húmedas de sudor por los nervios, miró hacia la puerta, y contuvo el aliento mientras Jacob abría el picaporte.

Los hombres que estaban esperando al otro lado de la puerta se irguieron. Se miraron. Ella no pudo hablar. No hubiera sabido qué decir, si hubiera podido hablar.

Eran muy altos y morenos, con el cabello del mismo color que el de ella, los ojos también azules. Realmente parecían sus hermanos.

Entraron con paso torpe en el despacho.

Ella no sabía qué hacer con sus manos...

Sus hermanos sonrieron. Ella les devolvió la sonrisa.

–Lizzie –dijo el hombre de la izquierda. Ella supuso que era Rand. Estaba segura de que era Rand.

Sus ojos se llenaron de lágrimas. Corrió y abrazó a sus hermanos. Eran sus hermanos, lo sabía.

–Tú eres Rand –dijo Clair sin molestarse en secarse las lágrimas. Le dio un beso en la mejilla, luego se acercó a Seth y le dio un beso también–. Y tú Seth...

Los ojos de sus hermanos se nublaron de lágrimas, pero las reprimieron.

–¡Es tan increíble! ¡Tan maravilloso!

–Sabíamos que te emocionarías... –dijo Rand. Miró a Seth y ambos volvieron a abrazarla.

La emoción los hizo reír y absorber aquel mágico momento. Se quedaron abrazados y riendo de alegría un momento.

Cuando por fin se separaron, Rand dijo:

–No estábamos seguros de que vinieses.

–Tenía que venir. Lo sabéis...

–Sí, creo que sí –asintió Rand.

Clair pensó en presentarles a Jacob. Pero no estaba allí. Tampoco en la oficina de fuera. No era posible que se hubiera marchado sin decirle adiós.

–Hermanita... –Seth le tomó la mano–. Vas a tener que ponerte al día, después de veintitrés años.

–Sí –asintió ella con los ojos aún empañados de emoción.

Jacob estaba sentado frente a la mesa de un salón del hotel Four Winds, situado en la misma calle del despacho de abogados. Estaba atestado de gente de las oficinas de alrededor. Según un cartel que había a la entrada, también había allí una convención de rancheros de ganado. Estaba lleno de sombreros de vaqueros.

Se tomó lo que quedaba de la cerveza con la que llevaba dos horas, e intentó concentrarse en el juego de béisbol de la televisión, pero no podía.

La camarera le sirvió otra copa.

–Invita la casa –dijo–. Supongo que si te lleva tanto tiempo beberte la segunda como la primera, se hará la hora en que salgo del trabajo.

–Gracias –sonrió él–. Estoy esperando a alguien.

–Dos horas es mucha espera. Si no viene, avísame.

–Lo haré.

Alzó la copa a su salud y le miró las piernas cuando la mujer se alejó. No sintió nada. Tenía un problema. Y ese problema era Clair.

La llevaría a una suite esa noche. Después de varios días de viaje ella se merecía un buen colchón, suaves sábanas y servicio de habitaciones. Le había dejado dicho a Henry donde la esperaría. Había pedido a un muchacho que le llevara las maletas a la habitación. Sabía que si subía él, la tentación sería demasiada.

Miró la espuma de la cerveza.

Cuando había visto la felicidad de Clair al recuperar a sus hermanos se había preguntado cuál era su lugar en la vida de ella, si encajaba en algún sitio. Y la respuesta había sido que en ningún sitio.

¿Qué podía ofrecerle él? En los últimos años había hecho algunas inversiones, incluso podría permitirse el lujo de dejar el trabajo si quería. Pero su cuenta bancaria comparada con la de ella era calderilla.

Ella tenía una familia que la quería, dos familias ahora. Jacob se dio cuenta de que no había visto a su hermano desde hacía un año o más.

Ni siquiera se acordaba bien de cuándo había sido.

La vio entrar al salón, y su corazón dio un brinco. ¡Maldita sea! ¡Ninguna mujer había provocado aquello!

Clair se abrió paso entre la multitud y se sentó frente a él. Luego sonrió, lo que fue peor.

Jacob tuvo que tomar un trago de cerveza para aclararse el nudo que se le había formado en la garganta.

–¿Fue todo bien? –preguntó.

–Maravillosamente. Son maravillosos. Hemos estado hablando durante dos horas y apenas hemos tocado los temas más superficiales. Rand entrena caballos y está arreglando la casa de nuestros padres, y Seth es, o era, un policía secreto en Albuquerque. Ambos están comprometidos, ¿Puedes creerlo?

Él escuchó mientras le contaba cómo había conocido Rand a su prometida, y cómo habían rescatado caballos salvajes en un cañón. Y cómo se habían conocido Seth y Hannah...

Estaba feliz, notó Jacob.

—Mi primo Lucas nos ha invitado a cenar esta noche —dijo excitada—. Está casado y tiene mellizos de tres años, una niña y un niño, y un niño recién nacido llamado Thomas. ¡Oh! Y es dueño del hotel en el que estamos. ¡Es increíble!

—Clair...

—¡Oh! Y Hannah, la novia de Seth, tiene mellizas de cinco años también. Todos van a estar allí. No sé cómo no me voy a olvidar de los nombres —miró su reloj de pulsera—. Tengo que subir a ducharme. Debemos estar allí dentro de una hora...

—No puedo ir...

—¿No puedes ir? —la sonrisa se borró de la boca de Clair.

—Tengo una reunión en Dallas mañana por la mañana temprano. Tengo que marcharme dentro de unos minutos.

—¡Oh, bueno! —ella lo miró un momento—. De acuerdo.

A Jacob le chocó ese «de acuerdo». Se alegraba de que no se lo pusiera difícil. Pero ese «de acuerdo»... No era lo que esperaba.

¡Maldita sea! ¿Qué había estado esperando? ¿Que llorase y le pidiera que se quedase con ella?

No, no era lo que él quería. Y evidentemente, tampoco lo que quería ella.

No tenía que sentirse culpable por irse tan pronto.

—Clair... —le tomó la mano, aunque sabía que sería un error tocarla—. Lo siento, pero no puedo quedarme un par de días, pero...

—No lo sientas, Jacob —ella le apretó la mano—. Por favor, estos días han sido maravillosos. Pero sé que tú tienes tu vida, y que tienes que volver a ella.

¡Maldita sea! Una cosa era que no se lo hiciera difícil y otra que prácticamente le abriese la puerta para que se fuese.

Jacob le soltó la mano.

—Te he reservado una habitación. Tu maleta está allí.

—Gracias —ella se puso de pie y le dio un beso en la mejilla—. Por encontrarme. Por traerme aquí, por todo. Ha sido toda una aventura.

Clair se dio la vuelta y se marchó.

Él la observó, y frunció el ceño al ver que los hombres la miraban al pasar.

Un momento más tarde apareció la camarera.

—¿Quieres otra copa?

Él ni siquiera miró a la mujer. Solo agitó la cabeza para decir que no.

Capítulo Once

Clair salió al patio de la casa de Lucas Black-hawk con un vaso de limonada en la mano. Había niños jugando a la pelota en el jardín, Rand y Seth estaban hablando sobre el resultado del reciente partido de béisbol, y Lucas, de pie, controlando la barbacoa.

Era todo muy familiar, y a la vez, desconocido.

–El parecido entre ellos es notable –dijo Julianna, la esposa de Lucas, saliendo con una fuente de ensalada con pasta. No parecía que había dado a luz hacía cuatro semanas–. Por poco besé a Seth cuando vino por detrás, mientras estaba haciendo galletas.

–Eso habría sido muy interesante –dijo Hannah, la prometida de Seth, poniendo un plato de patatas chip en la mesa del patio. Pero debo admitir que casi pellizco a Rand hace un rato, cuando estaba agachado buscando algo en el frigorífico.

–Me hubiera gustado ver cómo reaccionaba –dijo la novia de Rand, Grace, echándose hacia atrás el cabello rojizo.

Las mujeres se se miraron y rieron. Clair miró a sus hermanos y a su primo. El parecido era formidable. Hasta los gestos eran parecidos, pensó mientras miraba a los hombres darse la vuelta, porque Nicole, la hija de Lucas, había empezado a molestar a su hermano, Nathan, quitándole las zapatillas de tenis. La crisis se resolvió rápidamente cuando Maddie y Missy, las mellizas de Hannah, se quitaron las zapatillas también, y entonces todos los niños se quitaron los zapatos y empezaron a reírse.

Todos, excepto el pequeño Thomas. El sonido de su llanto llegó a través de un *baby-call* conectado al lado de su cuna.

–¿Puedo ir? –preguntó Hannah a Julianna–. Sé que ha estado en mis brazos toda la tarde, pero hace tanto que no tengo un bebé en brazos...

–No hay problema –dijo Julianna–. Aunque supongo que pronto tendrás uno tuyo en los brazos.

–¡Oh! ¡Eso espero! –los ojos de Hannah se enternecieron al pensarlo–. He decidido que si nuestro hostal no funciona, llenaremos todas las habitaciones de niños.

–He probado tus bizcochos –Julianna tomó del brazo a Hannah y juntas entraron en la casa–. Créeme, os irá bien.

Clair sintió una gran pena en su corazón. Aquellas mujeres tenían todo lo que ella había querido: niños, un hogar, un hombre que las amaba... Clair sabía que ahora ella era parte de la felicidad de su nueva familia, y estaba muy agradecida por ello. Pero aun así, sentía tristeza.

¡Qué tonta había sido al pensar que por fin había encontrado al hombre de su vida!

No sabía cómo había hecho para salir del salón de aquel hotel sin derrumbarse, sin correr hacia él y rogarle que se quedara.

–¿Clair?

Clair se dio cuenta de que Grace le estaba hablando, e hizo lo que pudo para disimular que no la había escuchado.

–¿Qué? –preguntó.

–Que estamos muy contentos de tenerte aquí –la miró atentamente–: ¿Te ocurre algo?

–No, por supuesto que no –hizo un esfuerzo por sonreír, aunque sus ojos se humedecieron levemente.

Grace le quitó el vaso y la llevó dentro de la casa.

–Estoy bien –protestó Clair.

–Algo te ocurre, Clair...

–No, de verdad... Es que han sucedido tantas cosas... Estoy un poco sensible...

–¡Qué falta de sensibilidad hemos tenido! –Grace agitó la cabeza–. Así que estás enamorada de él...

Clair se sobresaltó. Grace no podía saber nada. Nadie podía saberlo.

–Encima nosotras hablando de bebés y esas cosas... Después de todo lo que has pasado... Lo siento.

–Tú... Yo... –Clair no sabía qué decir–. No te preocupes, de verdad.

–Podemos invitarlo aquí. A lo mejor si nos conoce, y le explicamos todo personalmente, pueda comprender por qué has hecho lo que has hecho.

¿A qué se refería Grace?

–Grace, no comprendo.

Grace le tomó la mano y dijo:

–Oliver.

–¿Oliver qué?

–Sabemos lo de la boda, que te marchaste de la iglesia.

139

Clair pestañeó. ¿Grace estaba hablando de Oliver?

A pesar de la situación, a pesar de la pena de su corazón, Clair empezó a reírse. Grace la miró confundida.

–¿De qué te ríes? –preguntó sonriendo, Julianna, que acababa de entrar en la habitación, miró a Clair. Luego a Grace.

–No tengo ni idea.

Hannah entró en la habitación con el pequeño Thomas en brazos.

–¿Se encuentra bien Clair? –preguntó.

–No estoy enamorada de Oliver –pudo decir finalmente Clair entre risas y lágrimas–. Estoy enamorada de Jacob.

Grace alzó una ceja. Julianna y Hannah se miraron entre ellas y luego a Clair.

–¡Oh! –exclamaron todas.

–Julianna, ve a decirle a los hombres que pueden dar de comer a los niños, que nosotras, las mujeres, iremos enseguida. Hannah, llevemos a Clair arriba, donde pueda estar tranquila.

–Por favor, no os preocupéis por mí –dijo Clair–. Estoy bien. No quiero ser una molestia...

–No eres ninguna molestia –dijo Grace mientras Julianna salía fuera y Hannah esperaba ansiosa–. Ahora somos familia, Clair. Estamos para ayudarte. Todos nosotros.

Clair les contó toda la historia. Al terminar, las mujeres la abrazaron. No parecía importar que acabase de conocer a esas mujeres. Daba la impresión de que las conocía desde siempre. Y Clair se sintió consolada, acompañada por todo ese cariño que le brindaban y que la ayudaría a curar sus heridas.

«Familia», pensó. La sola palabra le llenaba el corazón. Volvió a llorar, pero esta vez de alegría.

Jacob puso el clavo y sacudió el borde de la ventana para ver cómo había quedado. La casa era solo un esqueleto, pero estaba tomando forma rápidamente. El ruido de los trabajadores con martillos y serruchos se mezclaba con el olor a madera recién cortada y cemento fresco.

Con el cielo caluroso encima de su cabeza y un martillo en la mano, Jacob fue hacia el borde de la otra ventana. El sudor corría por su espalda, pero no le importaba. Hacía mucho que no trabajaba con las manos de aquel modo, y más tiempo que no trabajaba con Evan.

–¿Vas a quedarte mirando el clavo o vas a clavarlo?

Jacob miró a su hermano, luego se volvió hacia la ventana y clavó el clavo.

–No está mal para ser un aprendiz –Evan atravesó lo que sería una puerta corrediza de la casa, construida por Construcciones Carver en un lote muy grande; una de las tres casas que se iban a construir.

Evan abrió una nevera portátil y sacó dos botellas de agua.

–¡Un aprendiz serás tú! –exclamó Jacob–. Yo te enseñé todo lo que sabes.

–Quieres decir que me enseñaste todo lo que tú sabes –Evan se apoyó en una puerta sin colocar–. Lo que te llevó cinco minutos enseñarme.

Jacob miró a su hermano con rabia.

Evan era un hombre tranquilo y confiado. Tenía el cabello largo envuelto en un pañuelo azul. Eso le daba un aspecto salvaje, un aspecto que Jacob sabía que tenía éxito entre las mujeres. Y sabía que su hermano lo había tenido.

–¿Cuándo vas a decirme por qué has estado por aquí toda la semana, poniendo clavos con tus manos blancas de pianista? Una de dos: o te persigue la ley, o huyes de una mujer.

Jacob le dio la espalda. Evan estaba demasiado cerca de la verdad.

–¿No puedo visitar a mi hermano sin que me acusen de delincuente de tercer grado? Si quieres que me vaya, dilo.

–¡Ah! ¡O sea que es una mujer! –Evan ignoró las ganas de empezar una discusión por parte de Jacob–. ¿Cuál es el tema? ¿Quiere anillo de boda y niños? ¿Y eso te ha espantado?

–Evan, cállate de una vez –Jacob dejó el martillo en el cinto de trabajo. Se ponía furioso cuando no podía parar el tic en el rabillo del ojo–. ¡No estoy huyendo, maldita sea! Solo que no funcionaría...

–Bueno, mi hermano, el gran Jacob Carver, ha caído por fin...

–¡En absoluto! ¡Me ha tenido loco unos días, nada más! Pero eso ya ha pasado.

–Sí, ya veo. Es por ello que no has vuelto a Jersey y has estado clavando clavos todo el tiempo. Porque ya ha pasado todo.

–Así es –Jacob se desabrochó el cinturón de trabajo y lo tiró encima de una pila de restos de madera–. Me voy de aquí; hay mucha viruta.

Salió y caminó unos metros. Pero luego volvió y dijo:

–¡Iba a cotillones, por el amor de Dios!

–¿Qué? ¿Adónde iba?

–Da igual –Jacob se pasó una mano por el cabello y agitó la cabeza–. No funcionaría, simplemente.

–Creo que ya lo has dicho –Evan se quitó de la puerta, luego salió de la casa y llamó a su capataz–: Hank, recoged todo. El día está pagado y estáis invitados a la primera ronda de cerveza en el bar.

Los hombres se animaron al oír la generosa oferta de su jefe. En pocos minutos, el lugar estuvo vacío. Evan y Jacob se quedaron solos.

–Entonces, ¿vas a contarme? ¿O voy a tener que sacártelo?

–Como si pudieras –dijo Jacob, irritado. Luego suspiró, asintió hacia la nevera portátil y dijo–: ¿Queda alguna cerveza?

Evan sonrió y abrió la nevera. Sacó dos latas y tiró una a su hermano.

Jacob la abrió y miró la espuma que salió.

–Es complicado.

Evan se encogió de hombros y dijo:

–¿Desde cuándo haces algo que no lo sea? ¿Cómo se llama?

–¡Dios! ¡Hasta eso es complicado! –Jacob suspiró, y pensó que sería mejor comenzar por el principio.

–Hace veintitrés años...

Clair estaba sentada en una hamburguesería con Seth. La comida era buena, los precios y el servicio también.

–¿Vas a terminar eso?

Clair terminó el último trozo de hamburguesa y miró a Seth. Este la miró y luego clavó los ojos en las patatas fritas que había en su plato.

–Sí –contestó ella–. Y no creas que no me he dado cuenta de que me faltaban algunas patatas después de volver del aseo de señoras.

–Ese fue Rand –Seth miró a su hermano, que puso cara de inocente.

–Yo, no –dijo Rand. Miró por encima de Clair y alzó la barbilla–. ¡Eh! ¿Conoces a esa mujer de allí? Está intentando que la mires.

–¿Qué mujer? –Clair se dio la vuelta para mirar, pero no vio a nadie–. No veo...

Las patatas habían desaparecido cuando volvió a darse la vuelta. Se cruzó de brazos, se volvió a sentar y puso cara de enfado a sus hermanos.

–¡Es imperdonable!

–El batido de chocolate con nata, que habéis pedido para la señorita –dijo la camarera.

–¿Nos perdonas ahora? –preguntó Rand.

–Absolutamente.

La última semana había pasado volando. Habían tenido dos encuentros con el abogado para terminar de arreglar los documentos de las tierras, las despedidas de solteras de Grace y Hannah y el bautizo del bebé Thomas. Clair estaba mareada de tanta actividad. Pero agradecía haber estado ocupada.

Cualquier cosa con tal de no pensar en Jacob.

Le había venido bien compartir su mal de amores con Julianna, Grace y Hannah, pero Clair sabía que tardaría en curarse de ese mal.

–Ya te he dicho que iremos a buscarlo y le daremos una patada en el trasero.

Sobresaltada, Clair miró a Rand. Estaba enfadado. Sus hermanos sabían en quién estaba pensando.

–Por mí no hay problema –dijo Seth.

Clair había intentado disimular sus sentimientos en la última semana. Pero sus hermanos sabían que se había enamorado de Jacob.

–Estoy bien –insistió Clair–. Os agradezco vuestra preocupación, pero de verdad, estoy bien.

Rand agitó la cabeza.

–Ha dicho que está bien dos veces seguidas.

Seth asintió.

–Me huele mal.

Era curioso lo importantes que habían llegado a ser esos dos hombres para ella. Habían pasado veintitrés años, y sin embargo seguían siendo una familia. El día antes habían ido los tres a Cold Springs, donde sus padres habían perdido la vida, y donde sus propias vidas se habían separado. Se habían estrechado las manos y habían respirado en paz, al sentir que la herida y el lazo entre ellos se había curado.

Sus padres habían estado allí también, observándolos, sonriendo. Clair había sentido su presencia, y había sabido que ahora eran felices, que finalmente podían descansar.

Los ojos de Clair se llenaron de lágrimas de emoción.

–¡Maldita sea! –exclamó Seth–. La has hecho llorar. De verdad que voy a ir a buscar a ese desgraciado y le voy a dar una patada en el trasero.

–No estoy llorando por Jacob –Clair agitó la cabeza. Él era parte de las tumultuosas emocio-

nes, pero solo parte–. Estoy llorando porque...
Porque os quiero tanto... –balbuceó.

La emoción los envolvió, y se les hizo un nudo
en la garganta. Ella había expresado los sentimientos de los tres.

Después de un largo silencio, Seth dijo:

–Entonces, ¿puedo tomarme tu batido?

–Como lo toques... –Clair agarró el vaso–, verás quién recibe una patada en el trasero.

Todos rieron. Luego, Rand carraspeó y dijo:

–Yo también te quiero, Liz.

Rand y Seth habían tenido cuidado de lla-
marla Clair durante toda la semana, pero cada
tanto se les escapaba el nombre por el que la habían conocido.

–Yo también –dijo Seth, y la abrazó.

¡Se sentía tan bien! ¡Era todo casi tan perfecto!, sintió Clair.

Había reservado un billete de avión para
Charleston para el día siguiente. Estaba ansiosa
por ver a su madre y a su padre y empezar a re-
construir la relación entre ellos. Aunque habla-
ban por teléfono todos los días, Clair no les había contado a sus padres adoptivos que se iría a
vivir a Wolf River. Pensaba que era mejor decírselo en persona, porque sabía que les costaría
aceptar su marcha de Carolina del Sur.

–Lo siento, muchachos, pero tengo que regre-
sar al hotel –Clair se levantó de la silla y pellizcó a
Seth y a Rand en la mejilla–. Grace y Hannah me
están esperando para que me pruebe un vestido
de madrina de novia.

–¿Se casa alguien? –preguntó Rand.

Clair puso los ojos en blanco. Dentro de una

semana Rand y Seth celebrarían una doble ceremonia en la misma iglesia donde se habían casado sus padres. Clair volvería a Wolf River el día
antes de la boda, y si todo iba bien con sus padres esa semana, pensaba proponerles que fueran con ella.

–Recordad que hoy os espero en Adagio's –les
recordó Clair. Había reservado mesa para cenar
en el restaurante del hotel–. Os invito yo.

El día era agradable, cálido y con una suave
brisa de otoño en el ambiente. El local estaba de-
corado para una próxima fiesta de Halloween,
dentro de tres semanas. Julianna estaba a cargo
de una tómbola, y contaba con Clair para que la
ayudase.

Tenía un paseo corto andando hasta el hotel.
Clair caminó relajadamente por la calle princi-
pal. La gente pasaba, le sonreía y la saludaba. Syl-
via, una camarera de la pizzería le tocó el claxon
desde su camioneta. Toda la gente de Wolf River
sabía quién era, y conocía la historia de los tres
hermanos. Hasta había habido un artículo en el
periódico local con todos los detalles del reen-
cuentro. El pueblo les había dado la bienvenida
con los brazos abiertos y les había ofrecido su
apoyo.

En los pocos días que había estado allí, Clair
había sentido que aquel era su lugar.

Al menos si no podía tener a Jacob, tendría
una vida propia. Ya era hora.

Al pasar por la tienda de fotos que había en la
calle del hotel, recordó que tenía que recoger el
rollo de fotos que había dejado allí para que lo
revelasen. Al principio no había querido reve-

larlo. Incluso lo había tirado a la papelera. No quería recuerdos de aquellos días con Jacob. Pero al final el corazón le había ganado a la cabeza, lo había recuperado y lo había llevado para que lo revelasen, maldiciendo todo el tiempo por aquella debilidad.

Les echaría un vistazo, se dijo mientras entraba en la tienda y pagaba rápidamente, y las tiraría.

Cinco minutos más tarde se sentó en el sofá y con manos temblorosas abrió el sobre de fotos.

Las primeras eran las de los graneros, campos, un tractor abandonado... Los recuerdos la hicieron sonreír.

Su corazón dio un vuelco al ver la foto que Jacob le había tomado en la ducha. Luego, aparecieron las fotos que había sacado de él. Se rio al recordar aquel momento, pero también se le nublaron los ojos de lágrimas.

Había una foto de Jacob sentado en su coche, frunciéndole el ceño... Era mejor no recordar esa mirada... La foto de Dorothy que tenía familia en Wolf River...

Cuando estaba a punto de terminar el rollo se dio cuenta de que había otras fotos que debía de haber sacado Jacob. Estaban oscuras, evidentemente tomadas por la noche. Había un hombre y una mujer saliendo de una habitación de un motel. Miró más de cerca, entonces exclamó internamente: «¡Oliver y Susan!».

Miró la fecha y la hora que había en la esquina de la foto. ¡La foto era de la noche anterior a su boda! ¿Oliver y Susan?

Rápidamente pasó a la siguiente foto. Oliver y Susan besándose fuera de la habitación del motel; otra en la que estaban abrazados, y en la que Oliver le estaba agarrando el trasero a Susan. Había otras tres fotos en las que estaban su prometido y su mejor amiga en actitud íntima.

¡Dios santo! ¡Qué estúpida había sido!

Sintió una mezcla de sensaciones. Por un lado tenía ganas de reírse por lo absurdo de todo aquello. A la vez se sentía indignada ante la traición de dos personas en las que había confiado, pero también sentía un gran alivio al pensar que no se había celebrado la boda.

Achicó los ojos. Jacob sabía todo aquello y no se lo había dicho.

Con una exclamación entre juramento y gruñido, Clair tiró las fotos encima de la cama. Apretó los puños y se puso de pie, murmurando entre dientes y empezó a caminar de un lado a otro de la suite. Jacob sabía cuánta culpa y vergüenza había sentido por haber huido de la iglesia el día de su boda. Ella había sentido que había traicionado a todas aquellas personas a las que quería y que confiaban en ella.

Bueno, había algunas cosas que tenía que decirle al señor Jacob Carver. Lo buscaría y se las diría.

¡Él sabía lo mal que se había sentido y no le había dicho nada!

Golpearon la puerta de su habitación. Grace y Hannah iban a ir a buscarla. Decidió contarles lo que había descubierto.

–¡Ya verás tú...! –gritó furiosa Clair, mientras abría la puerta.

Su mente se quedó en blanco cuando vio a Jacob al otro lado de la puerta.

–¿Qué veré yo?

–Tú...

Jacob se había imaginado muchas formas de reaccionar de Clair al verlo: rabia, alegría, frialdad... Pero aquella furia ciega lo tomaba por sorpresa.

–Clair, ¿ocurre...?

Clair intentó cerrar la puerta, pero él lo impidió metiendo la bota. Clair se dio la vuelta violentamente y fue hacia el sofá. Agarró una pila de fotos, volvió a donde estaba él y se las tiró. Cayeron al suelo.

–¿Qué diablos te...?

Jacob echó una ojeada a una de las fotos que había caído boca arriba.

–¡Oh!

¡Maldita sea! ¡Se había olvidado por completo de las fotos que había tomado de Oliver con la rubia. Si no, no hubiera permitido que llegasen a sus manos.

No era de extrañar que Clair estuviera furiosa.

Clair se cruzó de brazos y lo encaró.

–¿Por qué no me lo has dicho?

Después de todo lo que había pensado decirle, aquello lo desencajaba totalmente.

–Porque ya tenías bastante con todo lo demás como para agregar más decepciones y penas a tu vida –dijo él simplemente.

Ella alzó la barbilla y dijo:

–Tú lo sabías... Tenías fotos de mi prometido engañándome, y me lo ocultaste...

–Ya te lo he dicho. No pensé...

–Evidentemente, tú no piensas –señaló su pecho con el índice–. Dejaste que me retorciera de

150

culpa, que me preocupase por haber abandonado a Oliver a las puertas del altar, mientras él
se acostaba con Susan... mi mejor amiga, ¡por
Dios!

–Y si te hubiera contado que el cerdo ese te
engañaba, ¿realmente crees que te hubieras sentido mejor? Acababas de descubrir que tus padres te habían estado mintiendo toda la vida.
¿Realmente crees que te hacía falta saber que el
hombre con el que te ibas a casar te engañaba
con la que tú llamabas tu mejor amiga?

–No es una cuestión de si me iba a sentir mejor o no. Se trata de la verdad. Yo necesitaba la
verdad. Oliver sabía que tú lo sabías, ¿verdad? Es
por eso que llamó a tu habitación del motel antes que a la mía. Quería hablar contigo antes que
conmigo, para averiguar si me lo habías contado.

–No sé por qué llamó.

¡Dios! Clair estaba hermosa así de furiosa, con
las mejillas encendidas, y esos ojos azules brillan-
tes.

–Tú hablaste con él, ¿no te acuerdas? –dijo Jacob.

–Estoy segura de que te ofreció dinero para
que no dijeras nada, ¿verdad? –ella se acercó a él
con ojos de asesina–. ¿Cuánto te ofreció?

Ahora el que se estaba enfadando era él, y era
a lo que menos había ido allí, a enfadarse con
Clair. Pero ella quería la verdad.

–Veinticinco mil dólares.

Clair se quedó petrificada.

–¿Veinticinco mil dólares?

–Y otros veinticinco mil dólares si te llevaba de
regreso a Charleston.

Clair sintió que las piernas no la sujetaban y se dejó caer en el sofá. Se puso pálida de repente. Estaba demasiado impresionada para sentir rabia.

–Tú no lo aceptaste –susurró. Sabía que no lo había aceptado. Se veía en sus ojos, y ella lo sentía en su corazón–. ¿Por qué?

–Porque él intentó comprarte –dijo Jacob–. Como si fueras un coche o un reloj de oro. Te puso precio, y eso me indignó.

Ella lo miró un momento. Luego preguntó:

–¿Es por eso por lo que has vuelto? ¿Para contarme lo de Oliver?

–No –él se puso frente a ella–. He pasado esta semana en Kettle Creek con mi hermano, trabajando en una de las casas que está construyendo allí.

–Dijiste que tenías una reunión en Dallas... Que por eso te...

Él le tocó los labios con un dedo.

–Tenía una reunión. Un trabajo para Henry. Pero rechacé el trabajo y terminé yendo a ver a mi hermano. Tiene mucho trabajo y quise echarle una mano.

Ella se alegraba de que hubiera ido a ver a su hermano. Ya hablarían más tarde de ello. Ahora lo más importante no era eso.

–No has respondido a mi pregunta, Jacob –no quería hacerse ilusiones–. ¿Por qué has venido?

–Por ti, Clair. He venido por ti.

El corazón de Clair se le salía del pecho.

–¿Por qué?

–Porque no he dejado de pensar en ti. Estabas en mis pensamientos en cada clavo que ponía, en cada pala de cemento que echaba. Te imaginaba aquí, en Wolf River, con tu familia...

Excitada al oír sus palabras, pero aún cautelosa, Clair preguntó:

–¿Qué pensabas de mi familia?

–Me di cuenta de que estabas intentando encontrar tu pasado, y que yo estaba huyendo del mío –la miró intensamente–. Y que estaba huyendo también de lo que más quería: de ti.

Cuando ella abrió la boca para hablar, él agitó la cabeza.

–Pero yo no podía dejar de ver las diferencias que había entre nosotros –le acarició suavemente la mejilla con los nudillos de los dedos–. Tú te merecías mucho más de lo que yo podía ofrecerte. Entonces yo...

–Jacob...

–¿No sabes que es mala educación interrumpir, señorita Beauchamp? –dijo él frunciendo el ceño–. Ahora tienes que quedarte callada.

Ella hizo un esfuerzo para mantener los labios cerrados.

–Luego, miré la casa en la que estábamos trabajando... Quedaba mucho por hacer para verla terminada, pero tenía una base sólida, una estructura sólida –él le tomó la barbilla entre las manos–. Supongo que si no puedo darte todas esas cosas que te mereces, al menos puedo darte eso. Una base sólida y una estructura firme. Teniéndome a mí, el resto podemos intentar hacerlo juntos.

–¿Tú...? ¿Me quieres?

Él sonrió y le rozó los labios con los suyos.

–No solo te quiero. Te necesito. Te necesito a

mi lado cuando me voy a la cama por la noche, y por la mañana cuando me levanto. Necesito el sonido de tu risa y el entusiasmo de tus ojos cuando experimentas algo nuevo. Te amo, Clair. Quiero casarme contigo. Quiero tener hijos y una casa, y recitales de piano, y cotillones, si hace falta...

Clair sintió que las rodillas se le aflojaban.

–¿Me amas? –susurró ella–. ¿Quieres casarte conmigo?

–Te amo –repitió él–. Creo que me he enamorado de ti desde el momento en que viniste hacia mí en la iglesia y me pediste que te llevase en coche.

La alegría de las palabras de Jacob henchían su corazón. Se quedó mirándolo, sin decir nada. Entonces vio el miedo en los ojos de Jacob.

–Sé que he sido tonto al dejar que me ganase el orgullo, pero ahora te lo digo, te lo suplico, por favor, cásate conmigo. ¡Dios mío, Clair! Dime que me amas tú también.

Ella se rio y le rodeó el cuello con los brazos. Luego lo besó. Sintió el alivio de su tensión en aquel abrazo. Sintió la fuerza de sus brazos estrechándola.

–Te amo –dijo ella después de besarlo–. Y sí. Quiero casarme contigo.

–¡Gracias a Dios! –murmuró él, cerrando los ojos–. Temía haberte perdido.

–No me perdiste, Jacob –susurró ella–. Tú me encontraste, ¿no lo recuerdas?

Jacob alzó la cabeza y sonrió.

–Supongo que sí. Entonces, ya que te encontré, ¿puedo quedarme contigo? –bromeó.

Ella le sonrió con los ojos nublados de lágrimas.

–Soy tuya, Jacob. Y siempre lo seré.

Jacob la volvió a besar con pasión.

Cuando finalmente dejó de besarla, la miró a los ojos y dijo:

–No me importa dónde vivamos. Te construiré una casa, una casa grande. La llenaremos de niños y tendremos un par de perros, y un hámster o pececillos. Mi hermano quiere que sea socio suyo. Su empresa se está expandiendo en distintos estados. Yo podría poner una oficina en cualquier sitio.

–Jacob...

Él sería la primera persona a quien se lo diría. A quien le contaría sus planes.

–Quiero vivir aquí, en Wolf River –dijo con voz temblorosa–. Voy a comprar el Four Winds.

–¿El hotel?

–Sé que Lucas quiere venderlo desde hace tiempo, pero ha estado buscando el comprador apropiado –Clair sonrió–. Sé que tendré que aprender un montón de cosas y que tendré que trabajar mucho, pero puedo hacerlo, Jacob. Sé que puedo hacerlo.

–No lo dudo, cariño –Jacob le acarició la espalda y la apretó contra él–. No tengo la menor duda.

La excitación de sus caricias y la alegría de sus besos llenaban el corazón de Clair. Amar a aquel hombre, y que él la amase, era lo que ella había soñado. Tomó su cara con sus manos y lo miró.

–Tengo que volar a Carolina del Sur mañana

para ver a mis padres –dijo suavemente–. ¿Quieres venir conmigo?

–Tengo una idea mejor –Jacob le besó la palma de la mano.

Ella sonrió, adivinando su pensamiento.

–Mejor vayamos en coche –dijeron los dos al mismo tiempo.

Acepte 2 de nuestras mejores novelas de amor GRATIS

¡Y reciba un regalo sorpresa!

Oferta especial de tiempo limitado

Rellene el cupón y envíelo a

Harlequin Reader Service®
3010 Walden Ave.
P.O. Box 1867
Buffalo, N.Y. 14240-1867

¡Sí! Por favor, envíenme 2 novelas de amor de Harlequin (1 Bianca® y 1 Deseo®) gratis, más el regalo sorpresa. Luego remítanme 4 novelas nuevas todos los meses, las cuales recibiré mucho antes de que aparezcan en librerías, y factúrenme al bajo precio de $3,24 cada una, más $0,25 por envío e impuesto de ventas, si corresponde*. Este es el precio total, y es un ahorro de casi el 20% sobre el precio de portada. !Una oferta excelente! Entiendo que el hecho de aceptar estos libros y el regalo no me obliga en forma alguna a la compra de libros adicionales. Y también que puedo devolver cualquier envío y cancelar en cualquier momento. Aún si decido no comprar ningún otro libro de Harlequin, los 2 libros gratis y el regalo sorpresa son míos para siempre.

416 LBN DU7N

Nombre y apellido	(Por favor, letra de molde)

Dirección	Apartamento No.

Ciudad	Estado	Zona postal

Esta oferta se limita a un pedido por hogar y no está disponible para los subscriptores actuales de Deseo® y Bianca®.
*Los términos y precios quedan sujetos a cambios sin aviso previo.
Impuestos de ventas aplican en N.Y.

SPN-03   ©2003 Harlequin Enterprises Limited

B IANCA ®

Las condiciones las ponía él...

El aspecto de Luke McRae le convertía en un verdadero imán para las mujeres, pero ninguna le había hecho perder el control que ejercía sobre su corazón... hasta que apareció la bella y vulnerable Katrin Sigurdson...

El poderoso y frío empresario estaba empeñado en convertirla en su amante, y se aseguró de que el acuerdo se limitara al dormitorio. Sin embargo, no tardó en darse cuenta de que dormir junto a Katrin estaba cambiando todos sus esquemas de vida. Tuvo que reconocer que necesitaba algo más en la vida aparte del trabajo. Pero dejar que Katrin entrara en su corazón significaba tener que revivir todo el dolor del pasado...

OSCUROS PASADOS

Sandra Field

¡YA EN TU PUNTO DE VENTA!

Deseo

AMORES PERDIDOS

Linda Conrad

Reid Sorrels había desaparecido la noche antes de su boda, dejando a Jill Bennett con el recuerdo viviente de su amor. Diez años después Reid había regresado y Jill tenía que intentar proteger su destrozado corazón.

Volver a ver a Jill provocó en Reid un dolor casi insoportable. Había prometido olvidar a la mujer que ni siquiera se había molestado en tratar de encontrarlo, pero ¿cómo iba a conseguir que su corazón dejara de sentir lo que sentía cuando estaba cerca de ella... y cómo iba a perdonarla por haberle ocultado que tenía un hijo?

Demasiados secretos...

¡YA EN TU PUNTO DE VENTA!

BIANCA.

Muerto de deseo por su mujer...

El magnate griego Lean-
dros Petronades se casó con
Isobel arrastrado por la pasión de su romance, pero en
menos de un año su matri-
monio se vino abajo.

Tres años después, Lean-
dros quería el divorcio, o al
menos creía que lo quería.
Había encontrado una recata-
da muchacha griega que se
convertiría en la esposa perfecta para él, no como Isobel,
que hacía que salieran chispas
en cuanto se encontraban
juntos. Pero cuando volvió a
encontrarse con ella cara a
cara, Leandros tuvo que reconocer que la pasión arrollado-
ra que había entre ellos era
más fuerte que nunca. De
pronto, cambió los planes y
decidió que domaría a aquella
fierecilla... fuera como fuera...

FUEGO EN DOS CORAZONES
Michelle Reid

¡YA EN TU PUNTO DE VENTA!